あやかし極道「鬼灯組」に嫁入りします 2

来栖千依

富士見Ｌ文庫

序章

白漆喰《しっくい》の門に囲まれた鬼灯組《ほおずきぐみ》の大屋敷《おおやしき》では、新しく誕生した仮組長を祝うため、組員総出で宴《うたげ》が行われていた。

月食の晩だというのに、空を見上げる者は一人もいない。

水干を着た子たちが入れ替わり立ち替わり運んでくる肴《さかな》に舌鼓を打つのは、すべて妖怪だ。酔って本性をさらしている者もいれば、早々に眠りこけている者もいる。

無礼講の賑わいに耳を傾けながら、そのあやかしは銀杏の木の高いところから宴を見下ろしていた。

正しくは、術で編み出した蛇が、である。

部外者がのん気に出入りできるほど屋敷の護《まも》りは甘くない。だから、あやかしは蛇を通して観察していた。

黄色く色づいた葉の隙間から、口元に手をあてて笑う娘が見える。

近くに座った妖狐《ようこ》や鬼夜叉《おにやしゃ》と一体どんな会話をしているんだか。

着物の袖口から見え隠れする痣《あざ》の意味を忘れたわけではあるまいに。

『お兄さん、歌ってくれてありがとう』

あの雨の日、彼岸と此岸《しがん》の狭間《はざま》で遊んだ娘は、片手でひねり潰せそうに小さかった。甲高い声が耳障りで、幼い顔に不釣り合いの暗い表情が哀れな子どもだった。

これが、あの安倍晴明《あべのせいめい》の血を受け継ぐ子なのだ。

なんて可哀想《かわいそう》な子なんだろうと思った。恐ろしい目に遭わせて、か細い悲鳴を上げたところをぱっくり呑《の》み込んでしまいたかった。

当時の興奮を思い出したあやかしは、灰色がかった緑色の体をうねっと曲げて頭をもたげる。

成長した娘の顔を、手首に刻みつけた痣を、目に焼き付けたい。

枝に体を巻き付け、頭を銀杏の葉の間から出して、夜風に鱗《うろこ》をさらして伸びあがる。

血のように赤い瞳を暗く光らせて、積年の恨みを込めた表情で娘を見つめる。

「迎えにいくよ、私の花嫁……」

「あ？」

清酒に口を付けていた漆季《しき》は、殺気を感じて縁側に出た。

夜更けの庭園は灯籠の乏しい灯《あか》りだけで、昼間は鮮やかだった紅葉も色あせて見える。

庭の外れで咲いている金木犀《きんもくせい》の香りが鼻について、漆季は羽織《はおり》の袖で鼻を覆った。

「いつもはこんなに臭くねえのに……。おい、鬼灯丸《ほおずきまる》。感じなかったか？」

縁側に腹をつけて寝ていた大型犬は、「ワン」と鼻先で敷石《しきいし》を指す。

大きな虫でも潜んでいたのか、茂みがさわさわと揺れた。

「どうしたんだい、漆季」

狛夜《びゃくや》の声に視線を戻せば、華《はな》が丸く目を見開いていた。

心配そうな表情で、何もない胸の辺りを手で探っている。

「何かがいたような気がしたが……」

茂みに視線を戻す。揺れはすっかり収まっていた。

「俺の気のせいだ」

慣れない祝い酒に酔ったんだろうと結論付けて、漆季は大広間に取って返した。

茂みの中で術を解かれた蛇は、灰のように崩れ去って消えた。

第一章　西より来たる婚約者

萩《はぎ》、尾花、葛、撫子《なでしこ》、女郎花《おみなえし》、藤袴《ふじばかま》、桔梗《ききょう》。

秋の七草と呼ばれる七つの花を探しながら、籠を手にした華《はな》は庭を歩いていた。

明くる日の寒露の節句に、これらの花を組長の部屋に飾るのが鬼灯組《ほおずきぐみ》の習わしだ。

例年は部屋住みの物《もの》の怪《け》たちが集めてくるのだが、今年は春先からの騒動で庭が荒らされて数が少なくなり、お目当ての花が探しにくくなっていた。

迷子防止のため華に付き添っている豆太郎《まめたろう》は、銀杏の木の後ろを覗《のぞ》いて息を吐いた。

「こんなところにもドクダミが……」

紅葉や銀杏が描かれた着物を引っ掛けないように気をつけて首を伸ばすと、太い幹の裏手にぎっしりとスペード形の葉っぱが覆い茂っていた。

「これって薬草だよね。傷を治したりお茶にしたりできるんだって、おばあちゃんが言ってたわ」

「薬としても役立ちますが雑草としては厄介者なんです。地下の根っこを掘り返さないと縦横無尽に広がって、他の花が咲くのを邪魔してしまうんですよ。こうなったのは、部屋住みのぼくらが手入れを怠ったせいなので怒るに怒れないのが辛《つら》いですが……あ、女郎花がありました！」

豆太郎は表情をぱっと明るくして木の裏手に入っていった。

足並みに合わせて、葉っぱがくっついたもふもふの尻尾が揺れる。

豆狸《まめだぬき》という小さな狸の妖怪である彼は、未熟で人に化けても尻尾を隠せないのだ。

紅葉みたいに小さな手で摘まれた花を華は籠で受け止める。

華の指先が土で汚れているのを見て、豆太郎はしゅんと尾を下げた。

「すみません、華さま。雑用に付き合わせてしまいまして」

「豆ちゃんは何も悪くないよ。わたしこそ、いきなり部屋住みのお仕事を体験してみたいなんて言ってごめんね」

「いいえ！　ぼくは華さまとお庭を歩けて楽しいです」

餅のように柔らかな頬を丸くして笑った豆太郎は、華の手を引いた。

そのまま二人で庭を歩き回り、お目当ての七草をすべて見つける。

「母屋に戻りましょう。摘んだ花は組長の部屋と大広間、玄関に生けます。ぼくは玄関と大広間を担当するので、他は華さまにお願いできますか？」

「分かった。といっても、生け花は得意じゃないから見様見真似《みようみまね》になっちゃうけど」

鬼灯組の母屋は黒い瓦屋根が特徴の二階建てだ。

広い敷地《しきち》の中央にでんと構えていて、正面玄関には鬼灯の形をした代紋が立派な額に入れて飾られている。一般人が入れば一瞬で凍りつく大屋敷である。

和風の室内を彩るのは節句ごとの飾りつけだ。

歴史のある極道らしく、昔ながらのしきたりが根付いている。

勝手口で豆太郎と別れた華は、秋の七草を新聞紙に包んで奥座敷《ざしき》に向かった。

一声かけて襖《ふすま》を開けると、部屋にくゆっていた紫煙が流れてきた。

「何だ、嬢ちゃん。この楽隠居に用か？」

華に問いかけたのは奥座敷の主・輪入道《わにゅうどう》だった。

つい先日まで鬼灯組の組長だった妖怪で、後継に座布団を譲ってからは相談役のご隠居として屋敷に残ってくれている。

「秋の七草を飾る場所をお聞きしたくて。この時間なら、仮組長はここにいますから」

視線を向けた先には、二十代半ばの男性が二人並んで座っていた。

片方は、白にも金にも見える長髪を後ろで結い、白いジャケットを肩かけした絶世の美丈夫。どこからどう見ても人間だが、白面金毛九尾《はくめんこんもうきゅうび》の狐《きつね》という大妖怪だ。

名前は狛夜《びゃくや》。片思いしていた妖狐に似ている華が好きで、顔を見せると嬉《うれ》しそうに破顔する。宝石のような青い瞳から感じる愛はちょっと重い。

もう片方は、漆のように黒い髪と右目に走る刀傷が目につく凶暴そうな大男。彼も妖怪である。名を漆季《しき》という。最強の名を冠している鬼夜叉《おにやしゃ》で、暗殺や拷問といった汚れ仕事を一人で担っていた。

むっとした表情が物語るように愛想は悪い。気が短くてすぐに手が出るので、仲間内からも恐れられて孤立している。血のように赤い瞳に媚《こ》びは一切見えない。

華とも一定の距離を保っているが、恩義のある輪入道だけは親のように慕っていた。

磁石のS極とN極ぐらい正反対でも、二人は共に鬼灯組の組長を務めている。

諸事情によりまだ（仮）ではあるが、先代に教えを請いながら組をまとめ始めていた。

立ったまま反応を待つ華に、狛夜は柔らかい声で断りを入れる。

「僕はまだ仮組長として修行中の身だ。秋の七草はここに飾ってくれないかな」

「蔵に花は似合わねえ。俺の分も親父《おやじ》にやってくれ」

どちらにもやんわり辞退されてしまった。輪入道は嬉しそうに笑う。

「隠居のご機嫌とりにしちゃあ安上がりだな。嬢ちゃん、ここに生けてくれ」

「はい！」

部屋の隅に新聞紙を敷き、花器や剣山、鋏《はさみ》を用意して、いつも豆太郎が離れに飾ってくれる花を思い出しながら作業していく。

BGMは、男たちの小難しい会話である。

「シノギに関してですが、HOZUKIグループの中間決算では――」

まるで企業の重役会議みたいだが、シノギというのは極道が収入を得るために行う経済活動のこと。

鬼灯組は〝あやかし極道〟という非合法組織なのである。

構成員はすべて妖怪で、縄張り《シマ》を多少手荒な真似《まね》をしながら守っている。

誤解のないように言っておくが、人間の暴力団みたいに善良な市民を脅して金を巻き上げたりはしない。祭りで屋台の元締めになったり、店の用心棒になる代わりにみかじめ料を徴収したりして、真っ当に資金を集めていた。

組に最も貢献しているシノギはHOZUKIグループというフロント企業だ。

高級ホテルや和食レストラン、商業施設などを運営している大企業で、華もここに来るまでは極道と関わりがあるなんて知らなかった。

その代表取締役《とりしまりやく》がここにいる狛夜だということもだ。

(妖怪である狛夜さんが人間と渡り合ってお金を稼いでいるのってすごいことだよね)

春にここへ連れてこられてから一銭も稼いでいない自分とは雲泥の差だ。

長めの尾花を剣山の真ん中へ突き立てて、華は溜《た》め息《いき》をついた。

玉璽《ぎょくじ》捜しに呪いの解除にと活躍したのは過去の話。その頃は妖怪の宝物である翠晶《すいしょう》の持ち主として価値があったが、砕け散ってしまった今はただのすねかじりである。

組にいるなら貢献したい。その思いは日に日に膨らんでいる。

思いきって働きたいと豆太郎に打ち明けたら、秋の七草探しを手伝わせてくれた。

（違うの、豆ちゃん。わたしは鬼灯組に恩返しがしたいの）

幼い時に両親を失い、高校生で唯一の肉親だった祖母とも死別した。

貧しく孤独に生きてきて、ようやくありついた仕事すら失った華は、安心して眠れる場所を与えてくれた鬼灯組に心から感謝している。

（お世話になるだけは、そろそろ卒業しなきゃ……）

パチン。鋏さばきを誤って、撫子の茎を切りすぎたので我に返る。

尾花に添えようと思っていたが、これでは剣山隠しくらいにしか使えない。

根元に刺してバランスを直していると、狛夜が華について話し出した。

「次に華の身柄ですが、このまま離れで丁重に扱うつもりです。いずれ僕の花嫁になる女性ですから、他の妖怪を寄せ付けない意味でも現状を維持します」

淡々と告げる狛夜に、苛立《いらだ》った様子で漆季が嚙《か》みついた。

「ああ？　テメエが真の組長に選ばれるってまだ決まってねえだろが」

「これだから社交性のない奴は嫌なんだ。負けを認める殊勝さもないようだね」

「今なんつった……」

漆季が胸ぐらを摑《つか》む。狛夜はやり返すように畳んだ扇子を彼の首に当てた。

ぽっかり見開かれた瞳の中で、瞳孔がぎゅんと細くなる。

「知ってるかい。この角度で刎《は》ねると上手に首が飛ぶんだ」

「やってみろ。意識が飛ぶ前にテメエの心臓を潰してやる……」

「殺し合いはだめです！」

華の一声で一触即発の二人は停止した。漆季は舌打ちして手を離し、狛夜も殺気を収めて扇子を広げた。それを見て輪入道はかっかっと喉で笑う。

「嬢ちゃんは鶴だな。離れに閉じ込めておくのが勿体《もったい》ない」

「そう思ってくださいますか！」

華は鋏をぽいっと投げ出して畳に両手をついた。

「実は、わたしも離れに閉じこもっているのはよくないと思っていたんです。次期組長の花嫁にするという話は、組員に殺されないためにご隠居が考えたお達しでした。ですが、翠晶を失った今のわたしに殺される危険はありません。花嫁候補なんて甘やかさずに、組のお仕事をさせてもらえませんか？」

これこそ華の悲願だった。

他の組員がシマの平和を維持したり、運営費を稼いだり、日々の暮らしを支えたりしているように、労働して組に報いたい。

無力なのは自覚している。働いていたコールセンターはクビになったし、手に職や資格があるわけでもないし、体力もない。どんな仕事ならできるのか自分でも分からない。だけど、役に立たなければ、きっといつか今いる居場所も取り上げられてしまう。

鬼灯組が人でなしだからではない。

華の人生ではそれがお決まりのパターンだからだ。

最終面接にこぎつけた就活生みたいな顔をする華に、輪入道は断言する。

「妖怪の宝物が失われたとて、嬢ちゃんは宇迦之御魂大神《うかのみたまのおおかみ》から託された葛野《くずの》の血族。この屋敷《やしき》で生き長らえてくれるなら、それが一番だ。働く必要はない」

「で、ですが」

「嬢ちゃんができることなら他の連中がやれる」

遠回しに何もするなと言われてしまって、華は口を閉ざした。

どうしたらこの遣る瀬《やせ》なさを分かってもらえるのだろう。

役に立ちたい、その一途《いちず》な思いを否定しないで聞いてもらえるのだろう。

縮こまっているうちに会議は終わり、狛夜と漆季は部屋を出て行った。

華が秋の七草を床の間に安置して出たら、狛夜が壁にもたれて待っていた。

「やあ、華。気分は……あまり良くなさそうだね」

沈んだ表情を見て苦笑いした彼は、長い髪を揺らして首を傾《かし》げた。

類まれな美貌を持ち、為政者を多くたぶらかしてきた妖怪なだけあって、さりげない仕草にもくらっときそうな色気がある。

「仕事を早めに片付けるから、夜は僕と外食しない？　うちが所有するビルに、黒毛和牛を売りにした鉄板焼きダイニングがオープンしたんだよ」

「その食事、狛夜さんの奢《おご》りですよね？」

「いつもそうでしょ？」

華をデートに連れ出す狛夜は、高級レストランに当たり前のように入るし、高額な物をどんどん買い与えてくる。

華の身の丈には合わないと思い続けてきたけれど、そろそろ限界だ。

「ごめんなさい。奢りだったら行きたくないです」

「それはどうしてかな？」

不思議そうに尋ねられて感情が高ぶった華は、ぎゅうっと目をつむって声を張った。

「我がままだって分かってますけど、何でもしてもらうのが心苦しいんです。アパートに住んだら家賃を払いますし、外食したら代金を払います。それと同じことを鬼灯組にしたいんです。わたしも自分が稼いだお金で狛夜さんに贈り物をしたいし、お食事を奢ったりしたい！」

決死の訴えだったが、狛夜はうんともすんとも言ってくれなかった。

あれ、と思って目蓋を開けると、口元に手を当てて瞳をキラキラ輝かせていた。

「華が、僕に、贈り物を……？」

そこが要点ではなかったのだが、感激した様子でがばりと抱きしめられる。

「そんな風に思ってくれていたなんて嬉しいよ！　今まで気づかなくてごめんね。君に相応《ふさわ》しい仕事を僕が手配してあげる」

「あ、ありがとうございます？」

ちょっとした誤解はあったけれど、ひとまず仕事は始められそうだ。

狛夜の職業斡旋《あっせん》があんなことになるなんて、この時の華は知らなかったのである。

◇◆◇◆◇

ＨＯＺＵＫＩグループ本社の高層ビルは、都内一等地のオフィス街の一角にある。

全面ガラス張りの建物には十数台のエレベーターがあり、そのうち二つだけが到達する最上階に、狛夜が使う社長室があった。

「葛野華と申します。どうぞよろしくお願いいたします」

久しぶりにスーツを着た華の挨拶に、同じ部署の女性たちは手を叩《たた》いた。

美人揃《ぞろ》いの彼女たちは、今をときめくＨＯＺＵＫＩグループ代表取締役社長の狛夜を支えるために働く秘書。

ここが、狛夜が与えてくれた華の仕事場なのである。

（皆さん妖狐《ようこ》なだけあって、目が眩《くら》むほど美しい……！）

眩《まばゆ》さに目をしぱしぱさせていると、ひときわ背の高い課長が話しかけてきた。

「よろしくね、葛野さん。私たち秘書は、社長がスムーズに業務を進められるよう、スケジュール調整や来客の応対、文書の整理を行っています。今日は初日ですからここに慣れてもらうのがお仕事です。パソコンに入っているマニュアルを読んでいてくれるかしら。

扱い方は分かります？」

「はい。以前コールセンター業務に就いていたので問題ありません！」

華はデスクに腰かけ、モニターにマニュアルを表示させた。

読む間にも周りは電話やお茶淹《い》れ、資料作りなど休む間もなく動いている。

（秘書さんって忙しいんだなぁ……）

狛夜の下についているくらいだから、妖狐の中でも特に優秀な者たちなのだろう。

自分もあんな風にバリバリ働きたい。

期待に胸を膨らませていると、社長室からコールが入った。

いよいよ初仕事だ。華は前のめりになって受話ボタンを押した。

「秘書課の葛野です」

『お疲れ様、華。これからオンラインミーティングがあるんだ。よければ見学に来ない？』

「見学ですか。すぐに伺います！」

終話した華はメモとペンを持って席を立つ。ノックをしてから社長室に入ると、白いデスクにかけた狛夜が笑顔で出迎えてくれた。

「いらっしゃい。そこのソファを使って」

「失礼します」

いいのだろうかと思いながら、華はイタリア製の高級ソファに座った。

と、すぐさまテーブルにお菓子が出された。

気づけば、課長と秘書たちがぞろぞろと部屋に入ってきている。

ミーティングの準備だろうか？

手伝おうと腰を上げかけたところで、「そのままで」と秘書の一人に止められた。

置かれたのは兎《うさぎ》の耳と目を焼き付けたお饅頭《まんじゅう》だ。来客に出すためのお菓子は欠かさないようにと秘書課のマニュアルに書かれていたので、準備してあったのだろう。

次に出されたのは淹れたてのお茶だった。

香りのいい玉露で茶柱まで浮いている。これも、大切なお客様には茶柱を立てておもてなしするとマニュアルにあった。

極めつけは竹のトレーに載せられたおしぼりだ。

ファミレスで使うような薄っぺらい紙ではなく、質のいいタオルを巻いてある。

（さすが大企業のおもてなしは違う……。でも、なんでわたしの前に？）

「あの、これは狛夜さんの分じゃ……」

「いいえ、来客用ですので」

そう言って秘書はにっこりと笑った。

もしかして、実演して秘書のおもてなしを体験させようということだろうか。

(たしかにお手本を見せてもらった方が覚えやすいものね……。これは即戦力を求められているってことなのかもしれない。秘書の皆さん、とってもお忙しそうだったし、きっと人手不足なんだわ)

華はメモに、マニュアルにはない実演だからこそ気づいた点を書き込んでいく。

懸命な華のそばに「お寒ければこれをお使いください」とブランケットが置かれた。

気遣いも一流だ。このブランケットの収納場所は……と華が首をめぐらすと、課長が「肩でもおもみしましょうか」と背中に触れてくる。

「え!? け、結構です!」

「まあまあ、そう言わずに」

強引に肩をもまれた。

されるがままの華を、狛夜はにこにこ見守っていて助けてくれない。

(こんなのマニュアルにはなかったんだけど!?)

熟練の手つきは力加減もほどよく気持ちいい。初出勤で緊張していたせいでこり固まった筋肉がほぐされていく。

課長に続いて、他の秘書たちも足元にしゃがみこんで手もみ足もみを始める。

強制的にリラックスさせられて、いよいよ華はおかしいと気づいた。

これは体験させているのではない。本当におもてなしされている！

「狛夜さん。皆さんがものすごく、過保護なくらいお世話してくださるんですけど⁉」

パニック状態の華を、狛夜はマイクをつけながら微笑《ほほえ》ましく見つめる。

「秘書課にいるのは世話焼きの妖狐ばかりだから、華が来てくれて嬉《うれ》しいんだよ。彼女たちは働き者なんだけど、他の人の仕事まで奪っちゃうんだよね。それで僕の下で面倒を見ているんだ。気に入らないなら止めさせよう」

狛夜の命令で秘書たちは手を離したが、もっと華の世話がしたかったようで残念そうに眉を下げる。

華々しい秘書課がわけあり妖怪の巣窟だと知って、華は脱力した。

「世話を焼かれたらお仕事にならないです……」

華は鬼灯組に少しでも貢献したいのだ。役に立つには勤労が不可欠である。

秘書課で毎日お菓子を食べていても狛夜はお給料をくれるだろうけれど、遊んで手に入れたお金を鬼灯組に納めるのでは意味がない。

かくなる上は。

コミュニケーション力に優れているわけでもない華が、一朝一夕で成り上がれるような簡単な世界ではない。

挨拶しては顰蹙《ひんしゅく》を買い、アメンボみたいにテーブルを移動していたら、通信機を付けた黒服に話しかけられた。

「華月さんに場内指名入りました」

「わ、わたしにですか？」

「初指名ね。おめでとう、華月ちゃん」

話を聞きつけた天降女が会話に割り込んできた。

「相手は初来店のお客様だから、ここで頑張って固定客にできるかどうかが人気者への分かれ道よ。頑張っていってらっしゃい」

励まされた華は、店の奥にあるラグジュアリーシートに向かった。多人数で来店した場合に通される座席だ。華一人でさばけるだろうか。

緊張しながら近づいていった華は面食らった。

席を取り囲むようにスーツ姿の男たちが立っていて、肝心の客が見えないのだ。

（政治家や芸能人について回るセキュリティポリスみたい……）

そのうちの一人、オールバックの男を見つめていたら眼鏡の奥の目と視線が合った。

覚悟を決めた華は、ソファから立ち上がって狛夜に頭を下げた。

「さっそくで恐縮ですが、配置換えを希望します！」


ミーティングを終えた狛夜と共に、秘書たちに世話されながらランチを食べた華は、ビルの中ほどにある経理部門にやってきた。

『部外者立ち入り禁止』の札が貼られた曇りガラスの扉は固く閉ざされている。

社員証をかざして開錠した華は、フロアに入るなりびっくりした。

「あやかしがいっぱい……」

パーティションで区切られた経理部は、人間に化けずに働いている従業員が多い。

行燈《あんどん》から伸びる四本の手でキーボードを打つ妖怪や、頭に沓《くつ》をのせた状態でせっせとコピーを取る子ども、ファイルをめくるたびに「きゃははは」と笑う和服の女性もいる。

奇妙と滑稽、どちらともつかない光景にぽかんとする華に気づいて、新卒みたいな若い男性が立ち上がった。

ポケットに入れていたネクタイを出して、歩きながら女性に注意する。

「笑い女くん、ちょっと声のトーン落としてね。青行燈《あおあんどん》くんは、それが終わったら沓頬《くつつら》くんがコピーしてくれた資料をホチキスで留めてくれるかな。君がやると四倍速いから。はい、こんにちは」

男性は、華の前で立ち止まって友好的に笑う。

「ここは社長に許可された従業員しか入れないんだ。ゲートを突破してきたってことは、君が午後にやってくるっていう新入りさんかな？」

「はい。葛野華と申します。人間ですが妖怪と同じくらい働きますので、お世話は勘弁してください！」

がばっと頭を下げたらぶはっと噴き出された。

「お世話する余裕は残念ながらないねえ。私は算数の算に田んぼの田と書いて『さんた』といいます。一応、経理部の部長ね。ああー、五徹目の煙々羅《えんえんら》くんはあんまり体を伸ばさないで。前に空調に巻き込まれてえらい目に遭ったでしょ」

フロアが煙いことに気づいて算田が振り返った。

原因である煙々羅は、エナジードリンクの空缶に囲まれた机にいるが、体の大半がエアコンの風に流されていた。徹夜も五日目となると体を制御するどころではないらしい。

「お忙しい部署なんですね」

「本部の経理の他、グループ全体の会計も担当しているからね。でもそんなに心配しないで。見た目と仕事のやり方は個性的だけど、みんな責任感があって優秀だよ。締め日に遅れたことは今まで一度だってないんだ。分からないところは気軽に聞いてね」

「はい！」

華は感動した。

ごく普通の会社員として働く、見た目も普通の男性と話すのは本当に久しぶりだ。

「ここでお仕事をされているということは、算田さんも妖怪なんですよね。失礼でなければ、正体を教えていただいてもよろしいですか？」

尋ねられた算田は、待ってましたと手を握った。

「算盤坊主《そろばんぼうず》っていう妖怪を知ってるかな？　夜な夜な寺の木の下で算盤を弾《はじ》くんだけど」

「えーっと……申し訳ありません。寡聞にして知りません」

謝罪スキルとして磨き上げた、角度ぴったり四十五度のお辞儀を繰り出すと、算田は残念そうにうなだれた。

「分かってた、分かってたよ……。どマイナーなんだよね、私。計算が速くてここでは重宝されているけど、妖怪のゲームとかアニメにはあんまり出られないんだ。ビジュアルが地味なのが悪いんだよなあ」

鬼灯組にもマイナーな妖怪はいるが、木の下で算盤を弾くだけの地味さはない。

見た目が大人しそうでも、話せば罵声、動けば乱闘、それがあやかし極道だ。

「葛野さんの席はここね」

案内されたのは算田の真ん前の席だった。

パソコンモニターとキーボード、経理向けの実務電卓が置かれていて、社名の入ったメモ帳とボールペンが一本用意してある。

「しばらくは周りに慣れてもらおうかな。業務を担当してもらうのはその後ね。新人研修用の時のアーカイブは……ああ、これだ」

「きゃははは！　算田部長、内線入ってます！」

笑い女に呼ばれた算田は手早くパソコンを操作して「これ見てて」と告げると、自分の机に戻って受話器をとった。

華は画面に映し出された表をまじまじと見る。

表の中央にはマル秘の刻印があった。

線で分けられたセルに妖怪の名前と種族、桁が八つくらいある数字が並んでいる。

もしや単位は円だろうか。どれもかなり高額だ。

日付と担当者も記入されていて、やり取りの様子が注記されていた。

『※老婦人のため銀行振り込みに不慣れ。電話でＡＴＭへ誘導し出金』

『※自宅に受取人が向かう。家族はなし。出金は全額五百万確保』
『※新規。入金について説明すると家族を呼ぶと言われたので通話終了』

……おかしい。

企業の経理部が一個人から集金している。しかもわざわざ電話でATMまで誘導して、出金させたお金を自宅まで受け取りに行くという丁寧さだ。

(これ、もしかして振り込め詐欺の帳簿なんじゃ……)

詐欺グループは企業を装って電話をかけると聞いたことがある。

丁寧な電話でATMへ誘導して、言葉巧みに多額のお金を出金させる。口座に入金させると銀行に詐欺だとバレてしまうため、担当者のふりをして自宅まで取りにいくのだ。

(ここだけ異様にセキュリティが厳しいと思ったら、詐欺を働いていただなんて)

華の背中をつーっと冷や汗が伝っていった。

天下のHOZUKIグループといえど、あやかし極道のフロント企業である。

後ろ暗いところが一点もないとは思っていなかったが、これは想定外だ。

何の罪もない人からまき上げたお金で、華は高価な着物やバッグを買い与えられ、豊かな生活を送らせてもらっていたのだろうか。

それなら、華も振り込め詐欺に加担したのと同じだ。

（わたし、なんて酷《ひど》いことを……）

罪の意識で視界がぐらぐらと揺れる。

通話を終えて戻ってきた算田は、涙目で固まる華を見てのけぞった。

「ええっ!? なんで泣いてるの？」

その慌てように、青行燈や笑い女などフロアの妖怪がぞろぞろ集まってくる。

視線の集中砲火を浴びた華は震える声で訴えた。

「わたし、詐欺は無理です……」

音を上げるので精いっぱい。

華は、そう言うなりバタンと倒れてしまった。

◇◆◇◆◇

「はぁ……。大失敗しちゃった」

離れの縁側に正座した華は、狛夜の会社で働いた日を思い出して落ち込んでいた。

秋晴れの日本庭園は、先ほど降った通り雨でしっとりと濡《ぬ》れている。

ＨＯＺＵＫＩグループの経理部で見た表は、妖怪向けの不動産売買の記録だった。

妖怪の中には人間の規格で作られた部屋では暮らせず、自分の個性に合わせて自宅を改造する者も多い。

夜に出現する種族は窓に目張りを施して陽が入らないようにするし、池で暮らす者は床をプールに改造していつでもどこでも水浴できるようにする。

こういった物件は人間の不動産会社では仲介しづらく、ＨＯＺＵＫＩの事業として取り扱っているのだ。

振り込め詐欺だと思ったのは華の完全なる誤解である。帳簿を見て倒れたため算田に適性なしと判断され、その日のうちに狛夜の元へ戻されてしまった。

狛夜は「華は鬼灯組の屋敷《やしき》でお姫様みたいに暮らしている方がいいよ」と甘やかしモードに入ってしまい、二度目の配置換えには応じてくれなかった。

「お姫様みたいって言うけど、正直言って籠の鳥だよね。働きたいなぁ……」

「おい、食いモン運んできてやったぞ」

リーゼントが自慢の金槌坊《かなづちぼう》が、薄茶と干菓子を載せた盆を片手にやってきた。

「ありがとうございます。あの、豆ちゃんは？」

普段であれば、華のおやつは世話を担当している豆太郎が運んでくる。急用で来られない時は、他の男の子が来るのが当たり前で、金槌坊が来るのは珍しい。

「豆太郎は手が離せねえんだと。廊下にぬりかべが詰まっちまって、部屋住み総出で押し出してんだ。テメエはなんで落ち込んでんだよ」

隣にどかっと腰かけた金槌坊は、紅葉形の干菓子を口に放り込んだ。

華は茶碗《ちゃわん》を手に取って、じんわりした熱さを感じながら打ち明ける。

「狛夜さんに斡旋《あっせん》された仕事が続かなくて……。このまま働けなかったらどうしようって考えていたんです」

「働かなくてもいいならそれでいいじゃねえか。狛夜さんに気に入られてるし、毎日ぐーたらしてても追い出されねえって」

「それが嫌なんです！」

気づけば華は叫んでいた。心の中につかえていた不満が悲鳴を上げたのだ。

「わたしだって鬼灯組の役に立ちたい。金槌坊さんが立派にお勤めしているみたいに、組に貢献したいんです」

訴えを真正面から受け止めた金槌坊は、リーゼントを上下に揺らして感心した。

「テメエがそこまで鬼灯組を大事に思ってるとは知らなかったぜ……。ここで見捨てたら男じゃねえ。おれ様に任せとけ。がっぽり稼げる職場を紹介してやる！」

「本当ですか！」

大喜びする華は、さっそく金槌坊と裏門を出た。


それから三時間後。

おくれ毛を巻いたアップスタイルの髪と、生まれて初めて施したジェルネイル。胸元の開きが深いミニドレスで着飾った華は、真っ赤なソファの隅で怯《おび》えていた。

借りてきた猫というより、うっかり猟師の前に飛び出した子兎《うさぎ》みたいにガタガタ震えている華を、派手なスーツを身に着けた妖艶な女性が心配している。

「さっきから震度三くらい揺れてるけれど、大丈夫？」

「大丈夫です！　あ、あははは、ははははは！」

笑顔がぎこちない。本当は全然大丈夫なんかじゃないからだ。

（こんなところで働くなんて聞いてません、金槌坊さん！）

ムーディーな音楽が流れる店内には、露出度が高いドレスを身に着けたキャストの女性がたくさんいて、ソファに座った客たちと楽しそうに会話している。

黒服のボーイが持って歩くのはシャンパンだ。盛り上がる席には高額のボトルが並び、部屋の広さに対して巨大すぎるシャンデリアがダイヤモンドみたいに光る。

くゆる紫煙とアルコール、様々な銘柄の香水が漂ってきて嗅覚を鈍らせる。目につくハイブランドのバッグやアクセサリーの迫力も凄《すさ》まじく、華を委縮させた。

ここは鬼灯組のシマにあるキャバクラ。まやかし横丁に繋《つな》がる歓楽街にはホストクラブやラウンジが多数あり、この店もその一つだ。

華やかさの中に艶っぽさを一匙《ひとさじ》垂らしたような夜の世界に、明らかに華は場違いだった。

どうしてこうなったと頭を抱えて、ここに連れてきてくれた金槌坊の言葉を思い出す。

『ここ、鬼灯組がケツ持《後援》ちしてる店なんだぜ。働いたら働いた分だけ給料を弾んでくれる職といえば水商売だろ！』

短絡的だ。考えなしだ。

とっさに帰ればよかったのだが、キャバ嬢にされそうだと気づいたのは金槌坊がこの店のオーナーに華を紹介した後で逃げられなかった。

オーナーの天降女《あもろうなぐ》は元天女の妖怪で、人間の男が好きなため地上に降りてきた変わり者である。人間の女の子を着飾らせるのが趣味らしく、地味で冴《さ》えない華をシャンパングラスが似合うキャストへと変身させてくれた。

過去にこの歓楽街でナンバー1だったという天降女は、「気持ち悪くなったら早めに言ってね」と肉感のある足を組んだ。

「もう営業が始まってるから接客の基本だけ教えちゃうわね。うちの子たちはお客様に指名してもらってテーブルにつくの。そこでお酒をお供に楽しく話すのがお仕事よ。飲むお酒はお客様が奢《おご》ってくれるわ。新人のうちは先輩のテーブルにヘルプとしてお邪魔して、テーブルにいてもいいよって場内指名をいただけるように頑張ってね。はい、これあなたの名刺よ」

店の名前である『CLUBセレストメイデン』のロゴマークの下に、大きな文字で『華《は》月《づき》』と書かれている。

これが華の源氏名である。

新しい名前と借り物のエナメルバッグを持ち、華はフロアへと踏み出した。

黒服に指示された最初の行き先は、売り上げナンバー3のキャストがいるテーブルだった。

ビール腹を仕立ての良いスーツで包んだ客と楽しそうに会話していた嬢は、華に気づいて片手をあげた。

「おいで〜。みっちゃん、彼女ね、今日からの新しい子なの。ほら、名刺もらってもらいな〜」

人懐っこい雰囲気に助けられて、華はバッグから名刺を取り出そうとする。

しかし、途中でフラップに引っかかってしまった。手間取る華に嬢も苦笑いだ。

「す、少しお待ちください……出ました！」

取り出した名刺を両手で持って、ずずいっと客に差し出す。頭を下げるのも忘れない。

「華月です。よろしくお願いします！」

しかし客は名刺に手を伸ばさなかった。

顔をしかめて小蠅《こばえ》でも追い払うようにしっしと手を動かす。

「どんくさい子はだめだね。見た目も地味で暗そうだし。うちの会社にもこの手の若い子がいるんだけど、やっぱり仕事できないんだよな」

「みっちゃん、いじめないでよ〜」

嬢は客のご機嫌を取りつつ、両手を合わせてごめんねと合図をくれた。

こくりと頷《うなず》いた華は、席に着くこともできないままテーブルを離れる。

（地味で暗そう……）

自覚があるだけに耳が痛い。

周りのテーブルを見ても、嬢たちは明るくはきはきと受け答えして、時には甘えたり怒ったふりも交えたりして高額のシャンパンを注文させている。

要領よく楽しい会話を続ける裏で、巧妙な心理戦を繰り広げているのだ。

「！」

思わずドキリとする。

男は落ちた前髪をかき上げながら華を値踏みした。

「あんたが華月か。貧相な体やな。こんなんどこがええねん」

「えっと、すみません……」

どぎつい関西弁で酷評されて泣きそうになった。

初指名は得られたけれど、いきなり一人で接客なんてやっぱり無理だ。

ヘルプを寄こしてくれないかカウンターに視線を向けると、オーナーと黒服たちにサムズアップされた。少しも以心伝心できていない。

「巳緒《みお》……彼女を通してやりなさい」

低く間延びした声が意地悪な男を諫《いさ》めた。

男――巳緒が肩をすくめて道を空けてくれたので、華は軽く会釈して席へと入る。

厳重に囲まれているので要人が座っていると思いきや、広々とした座席で待っていたのはひ弱そうな青年だった。

年齢は大学生くらいだろうか。

この店の客層であるエネルギッシュな男性たちとは対照的に酷《ひど》くやせていて、オーバーサイズの上着の中で黒いハイネックを着た体が泳いでいる。

襟足の先を緑に染めた灰色の髪や日焼けしていない肌の白さはどことなく病的だし、耳には複数のピアスの他、大型の軟骨ピアスまで開いている。

何より病んでいそうなのは、目の下に表れた濃いクマだ。

（ど、どす黒い）

寝不足だろうかと心配していたら、青年は自分の隣をぽんぽんと叩《たた》いた。

「座らないんですか？」

「座ります！　っと、その前に。ご指名ありがとうございます。華月です！」

頭を下げて名刺を出す。

お願いですから受け取ってくださいと念じていたら、指の間からすっと引き抜かれた。

「はづきさんって言うんですね」

伏せた目で名刺を読んだ青年は「いい名前だ」と呟《つぶや》く。

「私は鱗《りん》です。立ち話もなんですからどうぞ」

「失礼します」

華はぎこちなく青年の隣に腰を下ろした。

席についたら準備されているおしぼりや水を出すのだが、同行者がすでにやってしまったらしく華がやれることはなさそうだ。

「えっと、お飲み物は……」

取り出したメニューには安くて三万円からのアルコールが並んでいる。高い物は一本で数十万円もして、飾りボトルというテーブルに置くための酒も注文できる。

常連や太客には数百万円や数千万円のシャンパンセットも案内するが、新顔が高額な物をおねだりするのは嫌われるという配慮から、華が使えるメニューはこれだけだ。

しかし、鱗は華の手元をチラリとも見ずに告げた。

「この店で一番高いセットを」

「えっ!?」

最高額のセットともなれば、華の取り分も自動車一台分くらいはある。

席に着いたばかりでろくに接客もしていないのにいいのだろうか。

様子を窺《うかが》っていた黒服に恐る恐る注文を伝えると、渋めの顔がぱっと明るくなった。

「コールです。シャンパンセット入りました！」

野球部の生徒みたいに大声で店内に呼びかけると、他の席にいた嬢たちも嬉《うれ》しそうに拍手をした。

黒服が数人で、氷と十本の瓶を入れたステンレス製のワインクーラーを運んでくる。

オーナーもついてきて、慣れていない華のためシャンパンコールを申し出た。

しかし鱗は、騒がしいのは嫌いなのだと丁寧に断った。

「私は華月さんに注いでもらえたらそれでいいです」

「かしこまりました。華月ちゃん、よろしくね」

「はい」と返事をした華は、しっかりしなくてはと自分を奮い立たせた。

鱗は美味《おい》しいお酒と会話を求めているのに、恐縮してばかりでは失礼だ。夜のひと時を楽しんでもらえるよう、無理やりにでも明るい声を出して場を盛り上げる。

「最高級シャンパン十本、ありがとうございます！」

華がコルクを開け、淡い金色のシャンパンをグラスに注ぐ。

グラスの細い足を持った鱗は、華にも持つように促した。

「貴女《あなた》と知り合えた記念に乾杯」

「乾杯」

グラスをカチンとぶつけて口をつける。

度数が低くて甘いので、アルコールを嗜《たしな》まない華でも美味しく飲めた。

「お酒って辛《から》いイメージがあって避けていたんですが、炭酸ジュースみたいですね」

「飲まないんですか？　ここで働いているのに」

鱗が目を丸くする。

「今日が初日なんです。知り合いのお家《うち》に無償で住まわせてもらっているんですが、いつまでもニートをしているわけにはいかないと思って、一念発起してここへ」

第一印象では暗かったが、話してみたら鱗は普通の人だった。

緩急つけないゆったりした話し方は心地よく、華は聞かれてもいないのにべらべらと自分のことを話してしまう。

「わたし、天涯孤独なんです。今は心優しい人たちのおかげで生活できているけれど、それもいつかあっけなく終わるって知ってます。だから、少しでも自力で稼げるようになっておきたくて……」

「一緒に暮らす人はいても孤独か……。私と同じですね」

グラスを空けた鱗は、酔ったように華の肩に頭を預けた。

金木犀《きんもくせい》の香りがふわっとして、華は鬼灯組の敷地《しきち》にある庭を思い出す。

沈丁花《じんちょうげ》や梔子《くちなし》と併せて三大芳香木に数えられる金木犀は、池を挟んで離れとは対の位置にあり、黄色い花がまとまって咲くとこの香りが部屋まで伝ってくる。

月がよく似合う、甘くて少し重たい香りだ。

「私、婚約者に裏切られたんです……」

「婚約者ですか」

ヘビー級の身の上話が始まってしまって、華は体を離すタイミングを失った。

鱗は視線を遠くしながら瓶に腕を伸ばして、空になった自分と華のグラスに注ぐ。

「大昔……子どもの頃から結婚しようって約束していたんですよ。それなのに、向こうは悪い男に目を付けられて、強引に同棲《どうせい》を始めて……。私に一言の断りもなく」

「それは酷い話ですね。鱗さんの気持ちを考えないで同棲なんて最低です」

たとえ相手が急かしても、婚約者がいたら話をつけてから同棲に入るのが筋ではないだろうか。鬼灯組ではそんな不義理は許されない。

過激な思考になっているのは、華が酔ってきたせいかもしれない。

鱗が注いでくれたシャンパンに口を付けると、一段と頭がふわふわした。

夢でも見ているような心地で左腕を振り上げる。

「わたし、許せないです。その婚約者さんに会いにいきましょう。それで、鱗さんのことを考えろぉって言ってやりましょぉ！」

「そうですね。だから、会いにきたんです――」

鱗はむくりと体を起こして、華の左手のちょうど痣《あざ》がある辺りを摑《つか》んだ。

その瞬間、チリッと熱い物に触れたような痛みが走る。

(なに?)

顔をしかめる華を覗《のぞ》き込んで、鱗はピアスが刺さった舌を出した。

「貴女、私を裏切りましたね?」

「ひっ!」

華の喉から悲鳴が漏れた。

間近で見つめ合う鱗の瞳が、黒から赤へぬるりと変化したのだ。

口から覗く舌も二つに割れていく。

重力から解き放たれたように髪の毛が浮き上がり、背中から六頭の大蛇が顔を出して真っ赤な目で華を睨《にら》んだ。

(蛇の妖怪!?)

「きゃー!」

突然現れた巨大な蛇に、周りのテーブルにいた客や嬢たちが一斉に逃げ出した。

人気がなくなった店内に黒い瘴気《しょうき》がじわじわと広がっていく。

「鱗さん、あなたは一体……」

「本当に忘れてしまったんですね。こうして手を繋《つな》いで結婚の約束をしたというのに」

「あ……」

真っ赤な瞳に誘われて、過去の記憶が走馬灯のようによみがえった。

両親が亡くなって祖母と暮らし始めたが周りに馴染《なじ》めず一人きりだった華は、公園で見ず知らずの青年に遊んでもらったことがあった。

一しきり遊んだ後、青年は華に花嫁になってほしいと要求した。華が頷《うなず》くと左手首を掴み、あやかしの婚姻を約束する痣を残して消えたのだ。

「まさか……あなたがお兄さんなの？」

「他に誰が貴女を妻にするって言うんですか？　誰にも取られないように、貴女が忘れてしまわないように、ちゃんと体に婚姻の印を刻んであげたのに……。裏切って別のあやかしの花嫁になろうとするとは思いませんでした」

鱗は悔しそうに親指の爪を噛《か》んだ。

思い出とは似ても似つかない恐ろしい表情に、華は瞠目《どうもく》する。

いつかは迎えに来ると思っていた。けれど、その相手がここまでおぞましい本性を隠していたとは想像もしていなかった。

「た、たしかにあの時は孤独であなたの求婚に応じてしまったけれど、正体があやかしだなんて知らなかった。子どもの口約束みたいなものだと思っていたんです！」

「口約束だと言えば逃げられると思ったか、このクズ女が……！」

鱗の声に力が入った。華の体に大蛇の一頭が絡みついて持ち上げる。締め上げられた華は、肺を満たす空気を吐き出して逃れようとあがく。

「やめてっ」

足をバタバタさせた拍子にテーブルのグラスを倒してしまった。天板の端から床へと降り注ぐシャンパンを大蛇たちが狙うが、鱗は華から目をそらさない。

「婚姻痣は貴女が同意しなければ入れられないんですよ。あの日、彼岸と此岸《しがん》の狭間《はざま》で貴女は確かに私の花嫁になると誓った。それなのに、私に断りもなく翠晶を壊した……」

翠晶と聞いてはっとした。

鱗と出会った公園に、華は翠晶のペンダントを下げていった。祖母がお守りだと言って渡してくれたから〝妖怪の宝物〟だなんて当時は知らなかった。

「翠晶が目的だったんですね？　わたしは、あなたが親切なお兄さんだと思ったからお嫁さんになるって答えたんです。翠晶を奪うための結婚だって知っていたら約束はしませんでした。裏切られたのはわたしの方です！」

「誰が勝手に話していいと言った？」

はらわたが煮えくり返っている様子で、鱗は華の体をテーブルに放り投げた。打ち付けられた背中にビリリとした痛みが走る。

「うぅっ」

「貴女は一生かけて私に謝るべきです。痣は消しません。死んだほうがマシだったと思えるくらいの生き地獄を味わわせてやる……貴女も、貴女と一緒になって翠晶を破壊した鬼灯組も」

「翠晶はあなたのものじゃないし、鬼灯組も関係ないっ」

鬼灯組は翠晶ごと華を守ろうとしてくれた。そもそも翠晶をどうするかは持ち主である華の自由で、勝手に婚姻痣をつけた鱗に恨まれるいわれはない。

翠晶と玉璽で、輪入道を助けるという願いを叶《かな》えたのは華の意志だ。

「私に口答えするな……！」

華の反論は鱗の怒りをさらに焚《た》きつけた。再び巻きついた大蛇が締め付けを強めたその時、ドゴンと轟音《ごうおん》を立てて店の扉が破壊された。

「うちのシマで何してやがる……」

現れたのは漆季だった。

髪の間から二本の大きな角を生やし、吸い込まれそうに黒い和装束を着ている。傷があった右目には赤い隈取《くまどり》が現れ、険悪な面立ちをよりいっそう凶悪に見せていた。

後ろからは青筋を立てた金槌坊が顔を出す。

「天降女ちゃんの店を荒らしてんのはどこの誰だゴラァ！」

（漆季さん、金槌坊さん……）

朦朧《もうろう》とする華は、片目で彼らの姿を確認するので精いっぱいだ。

立っていた巳緒は、アルミ製の警棒を取り出してニイと口を引く。

「鬼灯組の鬼夜叉や。鱗様、こっちで排除しますわ」

「待ちなさい。私が挨拶してあげましょう」

鱗はうねる大蛇を背負ったまま入り口の方へと歩き出した。

瘴気の向こうから現れた鱗に、金槌坊はリーゼントを揺らして啖呵《たんか》をきる。

「おうおう、テメエか店ぇ荒らしてんのは！　こちとら天下の鬼灯組、しかもここにいるのは最強の鬼夜叉だぜ！　さあ、漆季さん。さっさとやっちゃってくだせぇ！」

ゴトンと重い物が落ちる音がした。

金槌坊が視線を下げると、漆季の日本刀が床に転がっている。

漆季は、真っ赤な瞳を見開いて鱗を見つめていた。

「り、ん……」

「久しぶりですね、漆季。私の古い友。……あの時、ちゃんと殺しておけばよかった」

鱗は両腕を大きく開いて喜んだ後、ふっと真顔に返った。

「残念ですが、来るのが遅かったようですよ」

「なんだと？」

我に返った漆季は、奥のテーブルにぐったり伸びる華を見つけた。

垂れ下がった白い足を見たら、ブチッと頭の血管が切れる音がした。

「やりやがったなテメエ!!」

刀を拾い上げて地面を蹴る。華を傷つけられた憤怒《ふんぬ》で全身の血が急騰し、もはや全力で叩《たた》き潰すことしか頭になかった。

一刀両断するつもりで刀を振り上げると、切っ先が天井を擦って勢いが削《そ》がれる。

「チッ」

「遅いで」

鱗の前に飛び出した巳緒は、振り下ろされた刃を警棒で叩き落とす。

攻撃を封じられた漆季は鬼夜叉らしく怒りをぶちまけた。

「邪魔すんなゴラ」

「邪魔せんと困るのはそっちやろ。この方を誰やと心得とる。あやかし極道・竜胆会《りんどうかい》の現会長、竜胆鱗様その人やで」

「竜胆会ぃいい!?」

金槌坊は目玉が飛び出そうな勢いで驚いた。

「竜胆会っていえば、西のあやかし極道の覇権じゃねえか！」

「せや。会長に刃を向けたとなればウチの連中が黙ってへん。あんたのせいで、鬼灯組が争いに巻き込まれてもええんか？」

その言葉は、漆季に仮組長としての責任を呼び覚まさせた。

ここで力任せに已緒を斬り捨て、鱗を完膚なきまでに叩きのめすことはできる。

しかしその結果として鬼灯組を危険にさらした時、組員は自分についてきてくれるだろうか。

一介の組員ではなく仮組長として考えたら、何が正解か分からなくなった。

これまでは感情に任せて暴れてもどうにかなったのに——。

故障したように静止する漆季を、鱗は上から笑い飛ばす。

「可哀想《かわいそう》に……陰陽師《おんみょうじ》の使鬼として生まれたお前は、自分の頭で考えられないんですよ。自分の女が婚姻痣を付けられていても、指をくわえて見ているしかない」

図星だったので、漆季は黙って歯を食いしばった。

金槌坊は鱗を指さして唾を飛ばす。

「ってことは、華に痣を付けたのはテメエかよ!?」

「婚約者と呼んでもらいたいですね」

鱗はしゅるしゅると蛇を体内に戻して、固まっている漆季の耳元で囁《ささや》く。

「私から翠晶を奪ったお前たちが楽になれると思うな。苦しめて、苦しめて、いっそ殺してくれと願うくらいの地獄に堕としてやるからな……」

最後に微笑《ほほえ》んで、鱗は巳緒たちを引き連れて店を出て行った。

「……くそっ」

漆季は刀を床に突き立てた。

鱗相手に何もできなかった。悔しさが膨らんで暴れ出してしまいそうだ。

金槌坊は、鱗の姿が見えなくなると取るものもとりあえず華に駆け寄った。

「大丈夫か、華！　すぐに手当てしてやるからな！」

華は答えない。漆季と鱗が話をしている間に、意識を失ってしまっていた。

脱力した華を担いで金槌坊は店を飛び出した。

人の姿に化けた漆季は、無言でその後を追う。

夜も更けた歓楽街には、金木犀《きんもくせい》の香りがねちっこく漂っていた。

「華が怪我《けが》したって、どういうことだい」

一報を聞いて駆けつけた狛夜を、金槌坊は渡り廊下で必死になだめた。

「華が働きたいってんでキャバクラを紹介したら、そこで竜胆会の会長に指名されたらしいんすよ。機嫌を損ねて大暴れされて、漆季さんと駆けつけた時には倒れてて……」

「それでそのまま逃がしたと？　漆季がいながら？」

身内にすら遠慮なく暴行する鬼夜叉が、なぜ敵相手にひるんだのか。

いぶかしむ狛夜に金槌坊も同調する。

「らしくねぇっておれも思います。でも漆季さん、向こうさんを見て驚いちまって、いつもみてえには動けてなくて……」

「狛夜の兄貴」

離れの方から豆太郎と玉三郎《たまさぶろう》が歩いてきた。

使ったタオルと、華のために用意してある人間用の救急箱を手にしている。

「華さまの手当てが終わりました。強く打ち付けた背中が赤黒くなっている以外に怪我はありません。お体をお拭きして、寝間着に着替えさせて、お布団を敷いてまいりました」

「疲れたみたいなんで、しばらく寝かせといてやってください」

二人のお願いに、狛夜は走り出したい気持ちを収めた。

「……分かった。華には後でお見舞いに行こう。漆季はどこかな」

りてこない。

金槌坊の後を追って帰ってきた漆季は、周りを避けるように屋根へと上がり、一向に下りてこない。

豆太郎が天井を見る。

「それが――」


狛夜は青い瞳を光らせて冷たく吐き捨てた。

「あの、役立たずが……」


瓦屋根に腰を下ろした漆季は、鬼火《おにび》がまとわりつく手を見つめていた。

鬼灯組を引き合いに出されて、躊躇《ちゅうちょ》しているうちに鱗に逃げられた。

屋敷《やしき》で面倒を見ている華を傷つけられておきながら何もできなかった。

ありえない失態に、自分で自分を殺してやりたい気分だ。

「あの野郎、好き勝手言いやがって……」

何を言っても負け犬の遠吠《とおぼ》えだ。言い返せなかったのだから。

鱗の言葉は、輪入道からさんざん指摘されてきた、己の弱さを的確に言い表していた。

先代を親父《おやじ》と慕ってきた漆季は、彼がしてきたようにならば組を率いられると思っていた。

だが、今回のような不測の事態に襲われた時には、組長としての正解が分からなくなってしまう。

その原因が使鬼として生まれたからだと？

漆季は平安時代に陰陽師の式神として生まれた鬼だ。主君を亡くして荒れ果て、名前を得て妖怪と化して、千年以上の時が過ぎたのに。

「俺だってできる……」

鱗の指摘など認めてやるかと心を閉ざして、漆季は顔を伏せた。

第二章　鬼も歩けば試練に当たる

華《はな》が鱗《りん》と再会して一夜が明けた。

鬼灯組《ほおずきぐみ》では、仮組長に体制が引き継がれてから初めての定例会が開かれた。

六月の雨とは違い十月の雨は大粒で、降りようもザアザアと容赦ない。

遠くで鳴った雷を聞きながら、華は輪入道《わにゅうどう》、鬼灯丸《ほおずきまる》と並んで襖《ふすま》のそばに正座していた。

体に障らないように、ゆったりした白いワンピースに桃色のカーディガンを羽織っている。傷はさほどでもないが、心のダメージが大きく息がしづらい。

鬼灯を模した丸い代紋と『鬼燈照国《きとうしょうこく》』の掛け軸がかけられた上座には、二人の仮組長が組員を見渡すようにして座っていた。

背筋を伸ばして正座する狛夜《びゃくや》に対して、漆季《しき》は背中を丸めてあぐらをかいている。

三十畳ほどの大広間には、組の構成員がずらりと膝を突き合わせていた。

スーツやジャージ、柄シャツを着た組員はいつも機嫌が悪いものだが、今日は淡い色合いの水干衣装を着た男の子たちも陰鬱な表情だ。

（こんなに険悪な雰囲気はいつ以来だろう……）

華が原因なのは分かり切っていたので、フォローしようにもできないのが辛《つら》いところだ。

黙って自分の膝を見つめていると、雨音に溶けそうな声で狛夜が号令をかけた。

「これより、第三千六百五十回の定例会を始める。昨日、シマの歓楽街で起こった騒動について、詳しく説明してもらおうか。金槌坊《かなづちぼう》」

「はいっ」

並びの中央で立ち上がった金槌坊は、太めのニッカボッカに手を入れて昨晩の出来事を話し出した。

「『CLUBセレストメイデン』で、竜胆会《りんどうかい》会長の竜胆鱗って奴が華に接客されてる最中に暴れやがったんです。漆季仮組長とおれが駆けつけたんすけど、そのまま逃がしちまいました。怪我人は、ソイツ一人です！」

「華、怪我の調子は？」

問いかけられた華に組員が注目する。隣の鬼灯丸からも心配そうな視線を送られて居たたまれなくなった華は、畳に手をついて深く頭を下げた。

「ご心配かけて申し訳ありませんでした！　どこも切れたり折れたりしていませんので、問題ありません！」

「問題があるかどうか、それはこちらが決めることだよ」

おもむろに立ち上がった狛夜は、ひれ伏す華の前に膝をついた。

「僕らは君に外出許可を出していないけれど、なぜキャバクラで働いていたのかな？」

「自分でお金を稼ぎたくて、金槌坊さんに無理を言って連れていっていただいたんです。だから、彼は何も悪くありません！　罰しないでください！」

ここで華がキャバ嬢になると知らずに店まで行ったと白状すれば、金槌坊が恐ろしいお仕置きを受けるのは目に見えている。

必死に訴える華が好きな男をかばっているように見えて、狛夜の胸がチリッと燃えた。

「ふうん。いつの間にか、金槌坊と仲良くなっていたんだね」

「へ？　あ、あの……」

風向きがおかしいような。

顔を上げた華の目の前で、狛夜はどろんと白煙を巻き上げた。

服は白絹の羽織袴《はおりはかま》に変わり、一本に結んでいた髪がほどけて背中に広がる。

為政者に取り入って生きてきた白面金毛九尾《はくめんこんもうきゅうび》の狐《きつね》なだけあって神々しく美しい。

狛夜が本性を表すと、周りの空気が金箔《きんぱく》でも散らしたようにキラキラ輝くのだが、今日は不機嫌なせいか不発だ。

大きな狐耳や羽織からはみ出した九本の尻尾も、子どもに引っかき回されたぬいぐるみみたいに毛が逆立っている。

「ねえ金槌坊。僕を差し置いて、どうやって華と親しくなったの？」

睨《にら》まれた金槌坊は、青くなって姿勢を正した。

「誤解です！　ソイツが悩んでるみたいだったんで、馴染《なじ》みの店に紹介しただけなんですって！」

「その結果、華はキャバ嬢として接客までしたんだよ。肌をさらした華に引っ付かれてもてなされた男がいるなんて……探し出して八つ裂きにしてやりたい」

ゾゾッと周囲の空気が冷える。

殺気を放つ狛夜の目は包丁のようにつり上がり、構成員たちを震え上がらせた。

いけない。自分のせいで、これ以上、定例会の雰囲気を悪くさせるわけにはいかない。

「勝手に働きに出てすみませんでした。でも引っ付きはしませんでしたし、接客したのも竜胆会の会長さんだけです！」

「そういう問題ではないんだよ」

はぁと息を吐いた狛夜は、大真面目な顔で華の手を取った。

「華、キャバクラ勤めは永久に禁止だ。守らなかったら金槌坊の指が一本ずつ飛ぶので、そのつもりでね」

「おれの⁉」

手を背中に隠す金槌坊を座らせて、狛夜は上座に顔を向けた。

「次は君の報告を聞こうか。激情家の君が、竜胆会の会長を前にしてまともに動けなかった理由は？」

石像のように静かだった漆季は、わずかに顔を上向けてぽつぽつと話し始めた。

「アイツ……鱗とは昔からの知り合いだ。俺が親父に拾われる前、裏切られたとか言って瀕死《ひんし》の状態までボコられて、喧嘩《けんか》別《わか》れした相手が鱗だった……」

思いがけない暴露に広間がざわつく。

漆季の過去を聞いたことがあった華も驚いた。

（鱗さんが、漆季さんの因縁の相手ってこと？）

平安時代に道摩法師《どうまほうし》という陰陽師《おんみょうじ》の使鬼だった漆季は、安倍晴明《あべのせいめい》の罠《わな》にかかり主と同胞を失った。

「……主を卑怯《ひきょう》な手で奪われた俺は、里を荒らして歩いた。家も畑も何もかも鬼火《おにび》で焼くような非道を尽くしていたら、同じように人里を壊して遊んでいた妖怪に出会った」

それが八岐大蛇《やまたのおろち》だった。

鱗と名乗ったその妖怪はなぜか漆季を気に入り、悪友と称して気まぐれに会いにきた。

「鱗は酒を手に入れてはやってきて、俺の身の上を聞きたがった。やがて共に行動するようになって日本中を歩き回ったが……ある雪の夜、飲まされた酒に毒が入っていた。昏倒《こんとう》した俺を、鱗は大蛇で締め上げてきた」

初めて全身の骨が砕ける音を聞いた。骨が肌を突き破る感触を知った。

血が噴き出すのを目にして、漆季はもはや体に力を入れようとも思わなかったという。

虫の息になった漆季に興味が失《う》せたらしく、鱗は止めを刺さずに立ち去った。

藍をしみ込ませた綿帽子のような雲を見上げていると、やがて舞っていた雪が止《や》んだ。

灰色の雲が割れ、澄んだ空に浮かぶ月に冬枯れした枝がかかる。

だんだんと意識が遠のき、美しい月が霞《かす》んでいく。これでやっと主の元へ行ける。

目蓋を下ろしかけた漆季が見たのは、走り寄ってくる輪入道だった。

「俺を見つけた親父は、三日三晩背負って組まで連れ帰ってくだすった。いくら感謝してもしきれねえ。これまで鱗とは遭遇しなかったが、まさか向こうも極道モンになってたとはな。華の痣《あざ》はアイツがつけたと言っていた」

「竜胆会の会長が、華にあやかしの婚姻を約束させた相手なのか……」

狛夜は驚愕《きょうがく》の表情で、華の左腕に視線を落とした。

今は服で隠れているが、手首には細い蛇が巻き付いたような痣がある。

これは、妖怪が〝あやかしの婚姻〟を約束した相手に付ける印だ。

痣がある限り華はその妖怪に狙われ続ける。次期組長の花嫁になるという名目で鬼灯組に世話になっているが、このままでは結婚できない。

まさか相手が別のあやかし極道で、組にまで復讐《ふくしゅう》を予言されるとは想定外だった。

（役に立てないどころか迷惑までかけて。わたし、本当に厄介者だ）

不幸中の幸いは、痣をつけた相手が自ら名乗り出てくれたことである。

「痣をつけた相手について教えていただきたいです。竜胆会はどんなところなんですか？」

説明をくれたのは、渋茶色の着物の袖に腕をつっこんだ輪入道だった。

「竜胆会というのは、西を広く統べるあやかし極道だ。種族を問わずに妖怪を受け入れる一本独鈷《どっこ》の鬼灯組とは異なり、龍神や蛟《みずち》、水妖など水気を好む妖怪ばかりを入門させ、複数の団体を配下に収めている」

鬼灯組は単体で存在しているが、あやかし極道の中には、複数の組が集まって巨大な組織を構成していることもある。

竜胆会はまさにそれで、現在分かっているだけで数百もの構成員を抱える大組織だ。

「卑怯な手で近隣の組を吸収する奴らだ。警戒はしていたが、こんな形で関わることになるとはな」

「親父《おやじ》、心配はいりません。アイツらには絶対負けねえ……！」

漆季は、握った拳を畳に突き当てて組員に呼びかけた。

「鱗は、翠晶《すいしょう》を破壊した華と鬼灯組を地獄に堕とすと言い切った。これは宣戦布告に他ならねえ。向こうからやられる前に、俺が八岐大蛇を討伐する！」

威勢のいい発言に、金槌坊をはじめとした荒っぽい若衆は「うおぉ」と盛り上がった。

しかし、不満そうな組員も多い。幹部連中は総じて反対のようで首を横に振った。

一枚岩とは言いがたい状況に華はハラハラする。

何より気になったのは狛夜の反応だ。彼は険のある目つきで漆季を見ていた。

「討伐には賛同できない」

「なぜだ」

「危険だからさ。八岐大蛇のような大妖怪は陰湿で凶暴だ。華が標的にされたのは厄介だが、相手が竜胆会の会長である以上、安易に攻撃をしかけられない。確実に報復がある」

弱腰が頭にきたらしく、漆季は額に血管を浮き上がらせて怒鳴った。

「ビビってんじゃねえ。報復が怖くて何があやかし極道だ！」

「顔馴染《かおなじ》み相手に手も足も出なかったお前が言うことかい？」

「……チッ」

カウンターのように返ってきた一言に、漆季は舌打ちしかできなかった。

狛夜は漆季から視線を外して、取り出した扇子で口元を隠す。

「僕だって、大事な華を傷つけられて平然としていられないさ。だが、分が悪い」

冷たい声は静かだが、青い瞳の中では激情がギラギラと光っている。

「報復合戦を防ぐには初手で相手を潰すよりない。けれど、その手を使うには竜胆会が強大すぎるんだ。西に点在していた弱小の組を、大阪を拠点とする竜胆会が吸収して一大組織になった。大本の本家を急襲して会長を殺せたとしても、下部組織が攻撃をしかけてくる。一つ倒してもまた次と雨後の筍《たけのこ》みたいに敵が現れるよ。現在の鬼灯組の戦力では、それらすべてに対応できない」

力でねじ伏せればどんな問題も解決すると思っている漆季に対して、狛夜は慎重派だ。

攻撃にリスクがつきものだということも、巨大組織を相手にする怖さも熟知している。

悪態をついて口を閉ざすより、丁寧に語ることが組員の心を動かすと知っている。

こういうところに仮組長としての実力の差が出ていた。

狛夜と漆季のどちらかを真の組長に選ぶ役目を任されている華も、そして新しい組長についていくと決めた組員たちも、今は狛夜に惹《ひ》きつけられていた。

九尾の狐には意識しなくても他者の心を動かす素質がある。

それが、鬼夜叉《おにやしゃ》にはない。

「じゃあ鱗を殺す以外にどうやって痣を解消する。翠晶も玉璽《ぎょくじ》ももうねえんだぞ」

妖怪の宝物には、二つ合わせるとどんな願いでも叶《かな》えられる力があった。その力なら婚姻痣ですら解消できたが、砕け散ってしまった今はどだい無理な話である。

にっちもさっちもいかない状況に、漆季は再度舌打ちした。

「このまま鱗にやられっぱなしでいろとでも言うのか」

「まさか。僕が自分の物を奪わせるわけないじゃない」

妖しく微笑《ほほえ》んだ狛夜は、尾を揺らして悠々と歩き、上座へ戻った。

「竜胆会の会長は華を狙っている。鬼灯組にも攻勢を仕掛けてくるだろう。その前に守備に力を割きたい。華に守護の術をかけて向こうが手を出せない状態にして、痣を消させるための交渉を行う。痣は〝あやかしの婚姻〟の約束だ。まだ正式に婚約がなされたものでなければ、互いの合意があれば解消できるんだよ。相手が応じざるを得ない餌をぶらさげて脅す。これが最適解だと思うけれど、異論はあるかな?」

全員が口を閉ざした。

暴れん坊の若衆は少し残念そうにしていたけれど、シマの平和には代えられない。

同意してもらえて、狛夜はいささかほっとした様子だ。

「賛成多数とする。華には僕と漆季で屋敷《やしき》を守るのと同じ鬼灯《ほおずき》の守護をかけよう。これにて定例会をしまいとする」

「「はっ」」

大広間に集まっていた構成員は、一斉に頭を下げた。

波紋が広がるように低頭していく光景は何度見ても圧巻だ。

定例会を終えると、組員は自分の持ち場へと向かっていった。

狛夜は、飼い主が好きでたまらない犬みたいに一直線に華へ近寄ってくる。

「お疲れ様、華。僕は仕事があるので少し出るけれど、離れで大人しくしているんだよ。お土産を買ってくるからね」

狒狒《ひひ》を連れて大広間を出た狛夜に続いて、輪入道も「鬼灯丸を散歩に連れていくか」と立ち上がる。しかし、いつもなら見送りに出る漆季がやってこない。

(漆季さん?)

定例会が終わっても漆季は座ったままだった。

「漆季さん、具合が悪いんですか?」

華が尋ねるのに重なって、座敷《ざしき》の後方からうんざりした声が聞こえてきた。

「もう狛夜さんに決まりでいいのにな――」

声高に話しているのは山彦《やまびこ》。ひょうきんな小男である。

山肌に叫んだ時に叫び返してくる妖怪で、何気ない話し声も二重三重に反響して聞こえるので、どこでしゃべっていてもすぐに分かる。

原型は半年くらい体を洗っていない雰囲気の獣である。物《もの》の怪《け》一派の一人として狛夜を信望していて、二名体制の仮組長が誕生してからというもの、漆季を目の敵にしていた。

そばにいた金槌坊は、焦り顔で止める。

「やめろって。こんなところで」

「でも――漆季さんには見るからに素質ねえもん――」

声が反響しだす前に漆季は立ち上がった。

大広間を出て速足で廊下を歩いていく彼を、華はとっさに追いかける。

「漆季さん、待ってください。わたしは――」

華の痣を早く消すために、漆季は鱗を討つと言ってくれた。

鬼灯組を危険にさらすわけにはいかないので先制攻撃はなしになったが、あの場で意思を示してくれて、華はとても嬉《うれ》しかった。

しかし、感謝の言葉は、ガン！　と凄《すさ》まじい衝撃に遮られた。

漆季が拳を壁に叩《たた》きつけたのだ。

ベージュ色の和風モダンな壁に穴が開いて、壁土がパラパラと床に落ちる。

「どいつもこいつも、ゴチャゴチャわめきやがって……。向いていないことくらい俺が一番分かってんだよ！」

悔しそうな声で言い残して、漆季は庭に降りて行ってしまった。

「すごい音がしたけど、どうしたの？」

階段を下りてきた狛夜は、壁の穴を見て肩をすくめる。

「馬鹿力だね、あの鬼は」

「その……山彦さんが、漆季さんより狛夜さんの方が真の組長にはふさわしいとおっしゃっていて……」

仮組長としての存在感は狛夜が断然大きい。

元々若頭を務めていた彼は、鬼灯組で最大派閥の物の怪一派に支持されている。メンバーは、側近の狒狒や先ほど悪態をついていた山彦、豆太郎《まめたろう》、玉三郎《たまさぶろう》などだ。

対する漆季の人気はさほどない。

一匹狼《いっぴきおおかみ》のような振る舞いに憧れている組員はいるものの、漆季自身が関わろうとしないため片思い状態だ。

狛夜を賛美する組員はそこを突く。言い勝ち功名のことわざのように、組全体が狛夜をこそ組長に望んでいると、大声で喧伝《けんでん》し始めている。

「こうなったのはわたしのせいです。二名での仮組長制を敷いてしまったせいで、組のまとまりが乱れているのは分かっています……」

輪入道が一人で組長をしていた頃は、上を批判する声は上がらなかった。

狛夜は若頭として、漆季は始末役として、己の得意な分野で実力を発揮して組に貢献していたし、組員たちも活気に満ちていた。

おかしくなったのは、華が仮組長に狛夜と漆季の二人を任命してからだ。

組員としても初めての二名体制、しかも仮の体制ということに困惑が生じている。

真逆の性格を持つトップのどちらに従えばいいのかという戸惑いと、真の組長が選ばれるまで期待を持たされて翻弄される二人への同情に、組員それぞれが思うところがあったはずだ。

そんな曖昧な状況を生み出している華を、組全体で守る方針のいびつさにも。

不満が噴き出すのも道理だった。

責められるべきは華なのに、ヘイトが漆季に向かってしまうのは、華が翠晶で輪入道を救ったせいだろう。

鬼灯組は仁義を重んじるため、恩のある華を悪しざまに言えないのである。

「二名体制が必要なんだって伝わっていないのは、わたしの力不足です」

「華のせいではないよ。僕と漆季のどちらかを無理に選んでいたら、それはそれで別の困難があっただろう。仮組長が二名である理由は華が説明した内容で伝わっているはずだ。そこに文句をつける物の怪一派には、僕も手を焼いている」

狛夜が肩を落としたので華は意外に思った。

何かにつけて漆季をライバル視してきた彼が珍しい。

「応援してくれているのに嬉しくないんですか？」

「全然。応援なんて建前にもならないよ。漆季も仮とはいえ組長だ。極道は、親や兄が黒と言ったら白でも黒になる世界。絶対的な上下関係を守ることで、種族も性質もバラバラの妖怪たちが一家にまとまれているんだ。仮組長を悪く言うことは造反しているのと同じだよ」

あやかし極道は礼節に厳しい。組長を親父と崇《あが》め、先輩を兄貴と慕い、下っ端同士で助け合いながら、ここでの立ち居振る舞いを覚えていく。

現状の物の怪一派は、そのルールを破っていると狛夜は言う。

「物の怪たちは僕がお仕置きするとして……。漆季の方はどうしたものかな。素直に話してくれるのは先代の部屋に会議に行く時くらいで、相変わらず僕には塩対応だ。少なくとも僕は、華以外の部分は共有したいと伝えているんだけど……」

「漆季さんが、歩み寄りを拒否しているってことですか？」

「そうだよ。あんな調子では、本当に真の組長争いから落ちてしまうのにね」

狛夜は心配そうだった。

こんなことで漆季が組長争いから振り落とされるのは不本意なのだろう。

華もまた、漆季にここでつまずいてほしくないと思った。

（漆季さんにも、ちゃんと仮組長の素質があるんだから）

鬼灯組の分裂も、竜胆会会長の逆恨みも、真の組長が決まらないことも、あやかしの婚姻を約束する痣《あざ》だって、何もかも華が招いた事態なのだ。

漆季には華を責める理由がある。けれど責めたりしない。

その無色透明な優しさに、華はせめて報いたいと思った。

夕食の膳を三分の一ほど残した華を見て、豆太郎は真っ先に体調不良を疑った。

「朝からずっと食欲がありませんね。打ち付けた背中が痛みますか？」

「ううん。ちょっと気が塞いでいるだけ……」

お兄さんが八岐大蛇だと知らなかった華は、まだ立ち直れずにいた。

公園で遊んでくれた頃の面影は赤い瞳だけ。

痣は消さないとはっきり言われたし、怨嗟《えんさ》の言葉を吐かれ、凶暴性を間近で味わった。

（鱗さんがあんなに怒っていたのは、わたしが翠晶を破壊してしまったせいだ）

妖怪の宝物は作り直せない。華が許しを請う手段はなかった。

だが、彼が鬼灯組まで憎むのは間違っている。質《たち》の悪い逆恨みだ。

狛夜が陰湿と表現するほどの大妖怪は、一体何を仕掛けてくるつもりなのだろう。

怯《おび》える華を励ますため、豆太郎はわざと明るい声を出す。

「お風呂の支度をいたしますね。前に狛夜の兄貴が差し入れしてくれた、変わった入浴剤があるんです。いい香りの湯でゆっくり温まったら元気が出ますよ」

豆太郎は軽い足取りでバスルームへ向かう。

ボイラーが動き出して十分ほどで呼びに来てくれた。

「ご準備が整いました。お布団を敷いておきますので、ごゆるりとお過ごしください」

「いつもありがとう、豆ちゃん」

入れ替わりで脱衣所に入った華は、濃厚な香りに誘われて引き戸を開けてみた。

「わぁ……」

浴槽になみなみと注がれたお湯には、薔薇《ばら》の花びらの形をした入浴剤が浮いていた。

「可愛《かわい》い。このお湯に入ったら、本当に元気が出そう」

晴れやかな気持ちで服を脱ぐ——が、目に飛び込んできた痣にぎょっとした。

「この痣……前はこんなに大きくなかったのに」

左手首にあった婚姻痣が、今は肘まで広がっていた。

巻きついた蛇の姿が、一回り大きく、長くなっているように見える。

昨晩は、気を失っている間にミニドレスからパジャマに着替えさせられた。

今朝はまだ背中を丸められなくて、洗顔シートで顔を拭き、ワンピースを上から被《かぶ》せてもらって服の内側でパジャマを脱いだので、手首を確認する機会がなかったのだ。

(豆ちゃんが見ていたら気づくはずだから、徐々に広がってきたってこと?)

今まで変化がなかったのに、急に蠢《うごめ》き出したのは、きっと。

「わたしが、鱗さんと出会ってしまったから……」

薄暗い店内で、鱗に言われた言葉を思い出す。

『痣は消しません。死んだほうがマシだったと思えるくらいの生き地獄を味わわせてやる』

「……わたし、これからどうなるんだろう……」

華は悪い予感に震える体を両腕で抱きしめた。

◇◆◇◆◇

鬼灯組の屋敷《やしき》は、外堀を流れる清水にかけた結界で守られている。

結界の術は組長がかけるのが習わしだ。クロウエンペラーを誘い込むために解除された後、輪入道がかけ直した術は、皆既月食の晩に仮組長へと引き継がれた。

狛夜と漆季の妖力をかけ合わせ、新たに結界を構築したのだ。

四方を囲む水流から細かな粒子が浮き上がり、虹色に光ってまあるく敷地《しきち》を包む光景は夢のように美しかった。

(あの時は、まさか自分も術をかけられるとは思っていなかったけど)

定例会の翌日。

白い行衣を身に着けた華は、離れの浴室で桶《おけ》に溜《た》められた水を浴びていた。

「っ冷たい！」

これは霊験あらたかな滝から汲《く》んできた水だ。

肉や魚を食べ、世俗にまみれて暮らしている人間の体は、犯罪に手を染めていなくても罪や穢《けが》れをためている。そのため、身を清める禊《みそぎ》が必要だった。霊山で滝に打たれて修行したり、神事の前に神社の手水《ちょうず》で手を洗い清めたりするのも広義でいう禊である。

誰もいない空間に一人でいると、つい考え事をしてしまう。

このまま痣がどんどん広がっていったらどうしよう。

服に隠れないところまで痣が広がったら外にも出にくくなる……。

早く婚姻の約束を解消したいのにと気ばかり急《せ》いて、華はまたちらりと腕を見た。

蛇の形をした痣は、昨日と変わらず肘まで広がっていた。

誰かに相談した方がいいのかもしれない。

けれど、婚姻痣が元々そういうものなら、騒いだことを煙たがられてしまう。見た目が気になるという理由で取り乱しては、組に迷惑をかけるだけだ。

それで、もしも追い出されるようなことになったら。

（また一人きりになるのかな……）

つい暗い想像をしてしまったが、今はそれどころではない。

華は思いきって桶の水を頭から浴び、犬のように体を震わせて水気を弾《はじ》き飛《と》ばした。

「よし」

体を拭き、浴衣を着て、鍛錬場へ向かう。

秋らしいのどかな陽気だが、外を歩いているとだんだん体が冷えてくる。

速足で進んで、駐車場の手前にある和風の建物に入る。柔道部や剣道部が使っていそうな畳敷きの部屋には紙垂が張り巡らしてあり、四方に巨大な鈴が下がっていた。

北に背中を向けて、妖怪の本性をさらした狛夜と漆季が立っている。

彼らの足元には謎の文字を書きつけた巨大な書がある。古語のようにも漢文にも見える文字列が、中央に描かれた朱色の丸を放射状に囲っていた。

「始めようか。華、この中心に座って」

狛夜に言われて丸の真上に正座する。

漆季は文字の外側を南に移動していく。ひたひたとした足音が周囲に反響した。

ここまで厳かな雰囲気は、高校の卒業式以来かもしれない。

緊張する華は、手持ち無沙汰な両手を合わせて、神社でするように祈った。

（どうか鱗さんからお守りください）

狛夜の対面になる位置で漆季が立ち止まり、顔を真正面に向けた。

二人は赤と青の視線をかち合わせて印を結んでいく。

指を組み替えるごとに、周囲に漂っていた空気が張り詰める。

剣印を結んだ二人が目を閉じると同時に、部屋の隅に置かれた行燈《あんどん》がぽうっと灯《とも》った。

狛夜は淡く色づいた唇を動かす。

「かけまくもかしこき鬼灯《ほおずき》の御祖《みおや》のもと」

「あやかしから守り給《たま》える守護の陣を施さん」

漆季が詠唱を引き継ぎ、抜いた刀を書の端に突き刺した。

途端に壁の鈴がシャンと鳴り、華の頭を何か巨大なものが撫《な》でていった。

(なに!?)

とっさに天井を見上げる。華の周りをオレンジ色の光が包んでいた。

光は、床の方が広く、天に向かってとんがった形をしている。

(これ、鬼灯の実だ)

指で触れようとすると光はふっと消えてしまった。

自分の周囲を見回しても痕跡すら残っていない。寒い朝に立ち込める霧が、太陽が昇っていくと見えなくなるように、華を取り巻く世界はいつも通りに戻った。

「これでおしまいだよ」

どろんと人形《ひとがた》に戻った狛夜は、華に手を差し伸べて立たせた。

「本当は僕だけで守護したいんだけど、漆季の力を借りた方が強固にできるからね。これで、華には鬼灯組に加護を与える神々が味方をしてくれる。どこにいても、何をしていても、一人ではないよ」

「一人じゃない……」

てらいなく触れる指にも、見つめる青い瞳にも、華を厄介がる雰囲気はなかった。

見守る漆季もそうだ。心配事は引き受けたとばかりに気骨ある表情をしていた。

(そうか)

外から厄介事を持ち込み、組内に混乱をもたらす原因だとしても、鬼灯組が花嫁にすると決めた華を突き放すわけがなかった。

一度決めたなら貫き通すのが任侠《にんきょう》だからだ。

苦しみは取り除いてやると、気前よく胸を貸してくれる連中だ。

彼らを信用せずに追い出される心配をして、情けないやら申し訳ないやら。

「ありがとうございました。狛夜さん、漆季さん」

華は滲《にじ》んだ涙を指で拭いながら微笑《ほほえ》む。

鍛錬場に入ってきた時は強張《こわば》っていた表情が和らいだのを見て、二人もほっとした様子だ。

「元気になってよかった。華は笑っていてくれないと」

狛夜に抱きしめられながら、華は悩んだ。

（痣《あざ》が広がっているって相談するべきかな……）

だが、広がっているといっても痛むわけではない。

今は鱗への対処と組内の分裂の動きに集中した方がいいだろうと、華は口を噤《つぐ》んだのだった。

◇◆◇◆◇

秋の天気は変わりやすく、気温も上下が激しい。

昨日は薄手のカーディガンで十分だったが、今日は裸足《はだし》だと板の間の冷たさに悲鳴が出そうなほど冷え込んだ。

豆太郎が離れに来る前に起きた華は、臙脂《えんじ》色の紬《つむぎ》を着た。

柄がシンプルなので、半襟と帯揚げ、帯締めを銀杏の葉のような黄色に、帯にトンボが描かれた生成り色を持ってきて、トータルコーディネートで秋を表現する。

（守護の術をかけてもらったから、わたしはとりあえず大丈夫。二名体制で分裂しかかっている組内の方を先に何とかしないと）

鱗や竜胆会のような強大な敵に対抗するには一致団結する必要がある。

内部の綻びがあれば、そこから相手に突かれやすくなるのだ。

それに、物《もの》の怪《け》一派が訴えている『漆季では組長にふさわしくない』という評価は間違いだ。

漆季ほど強い義侠心《ぎきょうしん》の持ち主はいない。損得勘定で物事を考える狛夜にはできない、あやかし極道らしい視点で物事を見つめている。

彼の苛烈なまでの闘争心は、鬼灯組を強くするために欠かせない要素になるだろう。

実際、定例会で鱗を討伐すると言い出した漆季の潔さに、同調する組員も確かにいた。

（物の怪一派に属してない金槌坊さんや若衆は、漆季さんの方に惹《ひ》かれているはず）

味方がいないわけではないのだ。

漆季が気づいていないだけで、彼にも仮組長として立つ素質と魅力がある。だからこそ先代組長は、彼と狛夜のどちらに組を継がせるか悩んでいた。

（二名体制の必要性はわたしが説得していくとして……）

輪入道と朝餉《あさげ》を食べた華は、離れに戻ってすぐに庭に降りた。

漆季がいる蔵に行くためだ。

裏門へ向から小道をそれて、獣道のように荒れた通路をたどると、程なくして海鼠壁《なまこかべ》の蔵が見えてくる。漆季はそこで一人きりで暮らしていた。

鬼灯の鏝絵《こてえ》が施された扉を押す。

防湿のために窓自体が少ないので、蔵の内部は昼間でも薄暗い。

漆季が起きていれば、あちこちに置かれた行燈に火が入れられているのだが、照明は灯っていなかった。

(漆季さん、まだ眠っているのかな)

いったん帰ろうかと思った華の足を止めたのは、ふわふわと飛んできた鬼火だった。

五つの炎は漆季に使役されていて、食事の膳を運んだり偵察しに行ったりする。以前、華に助けられたことを覚えていて、姿を見つけると漆季の元へ誘導してくれるのだ。

「漆季さんは寝てるの？」

鬼火はしゃべらない代わりに、華の背中に回ってコツンとぶつかった。

「分かったわ。いつものところにいるのね？」

階段を上って二階に移動する。

フロアが一繋《つな》がりの一階や地下とは違い、二階は大ざっぱに部屋が区切られている。

とはいえ、壁はあれど戸はない。どの部屋も階段の方に向けて開けていた。

階段を上ってすぐの間は、クローゼットではなく和箪笥《わだんす》、ハンガーではなく漆塗りの衣《い》桁《こう》、ラグではなく緋毛氈《ひもうせん》と、どこもかしこも和風に設《しつら》えられている。

お目当ての鬼は、格子窓の下に打掛を被《かぶ》って座っていた。

三日三晩眠っていないような険しい顔で、じとっと華をねめつける。

「何しにきた」

「あ、あの、えっと」

想像以上に機嫌が悪い。くるっと踵《きびす》を返《かえ》したい気持ちを押しとどめて華は考えた。

(漆季さんは、懐に入れた相手には親切なんだけど、優しさを引き出すにはタイミングが大事なんだよね……)

ここは、すぐ本題には入らずワンクッション置こう。

華は、緋毛氈のそばまで近づき、膝を折って床に手をついた。

コールセンター勤務をしていたおかげで、話の切り出し方には多少の覚えがある。

「いきなり来てすみません。漆季さんにいただいた香袋なんですが、最近匂いが薄くなっている気がしてご相談に……。お休み中でしたら後で出直してきます！　痛っ」

深くお辞儀した拍子に床に額をぶつけてしまった。相変わらずのどんくささに嘆息した漆季は、立ち上がって壁際にある薬簞笥を開けた。

抽斗《ひきだし》いっぱいに詰まっていたのは乾かした沈丁花《じんちょうげ》の花びらだった。傍らには香り煙草《たばこ》をこしらえる薬研《やげん》や乳棒も揃《そろ》えてある。

いつも漆季から漂ってくる香りが十倍は強く薫ってきて、華の頭がくらりとした。

「どうせ寝れねえ。入れ替える」

「お、お願いします」

華は、帯に挟んでいた香袋を漆季に手渡した。

紅と黄色の縮緬《ちりめん》を組み合わせて鬼灯の形を作った香袋は漆季のお手製だ。

漆季は手早く古い花びらを落として、抽斗の花びらを詰めてくれる。

しかし、手元を見る目がうつろだ。目蓋が窪《くぼ》んでやつれているようにも見える。

「寝れないっていつからですか？」

「仮組長になってからだ」

袋に溢《あふ》れるくらい花びらを入れた漆季は、乳棒でつついて隙間の空気を抜きながら眠れない理由をこぼした。

「親父《おやじ》の下にいた時はよかった。役目をやってさえいれば認めてもらえた。だが、仮組長になって何もかもが変わった」

孤軍奮闘していた漆季は、これまで他の組員とは相いれなかった。

単独で拷問や始末役といった任務についていたため協調性は必要ない。仕事が達成できれば評価は上々。最強で恐ろしい妖怪として組織内に居場所があった。

しかし、その居場所も仮組長になって揺らいでいた。

「俺なりに組長ってお役を理解しているつもりだった。誰より親父を慕ってきたんだ。狛《びゃく》には負けねえ、負けてたまるかと火もついてねえ尻まくって意気込んでたが、実際になってみて難しさが分かった」

花びらを隅々までみっちり詰めて乳棒を置き、指で押してふっくらした香袋を鬼灯の形に整えていく。

「極道の組長は神輿《みこし》みてえなもんだって映画で見た。組員が担いでくれなけりゃ歩くこともままならねえ。だが俺を担ぎたい奴はいない」

漆季は、緑色の紐《ひも》に指をかけてきゅうと縛った。

蝶々《ちょうちょう》結びを作る手は大きいのに、丸まった背中のせいか体がやけに小さく見える。

「俺はだめだ。何もかも組長には向いてねえ。生まれが使鬼だからなのかと考えたら、古傷まで痛むようになりやがった。鱗に会ったせいだ」

突如として現れた『鱗』という名前に、華はビクッと震えた。

華を苦しめる相手は、漆季の宿敵でもある。

「顔の傷、鱗さんにつけられたんですか？」

「ああ。いきなり襲われて動けなくなった俺を、鱗は入念にめった刺しにした。よほど本気で殺したかったんだろ」

瀕死《ひんし》の漆季にまたがり、血だらけの短刀を何度も振り下ろしながら鱗は言った。

『使鬼でしかなかったお前に〝漆季〟の字を与えて独り立ちさせてあげたのに、どうして裏切ったんです』

何を言っているのか理解できなかった。

漆季は鱗を裏切ったことなど、ただの一度もなかったのだ。

痛みで声を出せずにいたら、鱗は漆季とよく似た赤い瞳を細めて卑屈に笑った。

『私とは話す口もないと？』

そう言うなり自分の手首を掻《か》っ捌《さば》いて、流れる血を漆季の右目に注《そそ》ぎ込んだ。

八岐大蛇の血は猛毒だ。

眼球に激痛が走り、脱力していた体が耐え切れずに跳ねる。

歯を食いしばった口からは赤い泡を吹いた。

毒は眼窩《がんか》を満たし、頬にも流れ出して皮膚を焼く。

もはや痛みをこらえる体力もなく、漆季はされるがままだった。

漆季の体に自分を刻み込んだ鱗は、真っ白い雪原に置き去りにしてどこかに去った。


「そんなことがあったんですね……」

ひそめていた息を吐いて華はしゅんとした。漆季は右目を走る傷に手を当てる。

「俺はもう仲間なんかいらねえと思った。独りでいいと周りを突っぱねてきた。組員と親しくなってまた裏切られたら、この組を守りたいと思えなくなるかもしれねえ……」

それが怖いと、漆季は彼らしくない弱々しい声で漏らした。

かつて悪友だった鱗に裏切られた事実が、漆季の中で尾を引いている。

（そのせいで、漆季さんはあえて一人を選んできたんだ）

道摩法師という主と仲間がいて、鱗という友達にも恵まれた漆季は、そもそも誰かと一緒にいることが苦痛な性分ではなかったはずだ。

それなのに「一人の方がいい」と思うようになったのは、もう二度と信頼を裏切られて孤独になりたくないという恐れがあるから。

（そんな理由で一人を選んだなんて寂しすぎる）

本当は組員を信じて、仲間として関わりたいと漆季は願っている。

けれど、重たい過去が、恐れが、それをよしとしない。

それさえなければ、漆季が望むように、周りと打ち解けた仮組長になれるはずなのに。

「どうして俺は、他の奴らや狛みたいになれない。使鬼だったからなのか？」

「それは違うと思います。思い通りになれない漆季さんの苦しみ、わたしも分かるような気がするんです」

華も常に感じていた。どうして自分はもっと上手《うま》く生きられないんだろう。

せめて普通になりたいのに、贅沢《ぜいたく》なんて望まないのに、いばら道しか歩けない。

それでも華は生きてきた。

たとえ貧乏でも犯罪に手を染めることなく真っ当な仕事をして、派手な浪費をせず地道に暮らして、不幸に打ち勝つ日を夢見てきた。

「なりたい自分になれなくて絶望した日も、自分を嫌いになりそうな日もありました。だけど、どんなに他の人が羨ましくても、わたしは最後までわたしであるべきなんです。素質も境遇も思い通りにはなりませんが幸せは自分の手で摑《つか》めます」

華は、どうあがいても厄介者だ。

そのせいで酷《ひど》い目に遭ってきたけれど、優しくしてくれる人とも出会ってきた。

少数だけど、ちゃんと華を見てくれる人がいたから、今こうして生きていられる。

「だから漆季さんにも、恐れずに信じて一歩踏み出してほしいです。漆季さんが他の誰かに憧れるように、漆季さんを見て憧れている組員もいますよ」

「……そんなのいるかよ」

信じられないとそっぽを向く漆季に、華は大きく首を振った。

「います！　漆季さんには良《い》いところがいっぱいあります。だから、ご隠居は狛夜さんと漆季さんのどちらに組を任せるか迷っていたんです。漆季さんらしさを上手く出して苦手なところを改善していけば、理想の仮組長になれますよ」

漆季が自分の良さを知って、組員を信じるために一歩踏み出してくれたら、きっと大きく環境は変わっていく。

しかし、華の慰めを漆季は笑い飛ばした。

「はっ。何が良いところだ。俺は悪逆非道の鬼夜叉だぞ」

「分からないなら、わたしが教えて差し上げます」

華は、漆季の手から香袋を受け取って、大事そうに胸に当てた。

鬼灯組にやってきてから目にした漆季のあれこれを思い起こす。

初めは怖かった。そのうちに、怖さの奥に隠れている優しさを知った。

短気なので誤解されやすいが、漆季は気分で怒り散らすことはない。道理に合わないことが許せないだけだ。不器用なほど真《ま》っ直《す》ぐに世界を感じ取っているだけなのだ。

「漆季さんの良いところは、任務を必ず達成する几帳面《きちょうめん》なところ。他の組員を怖がらせないように蔵に閉じこもっているところ。わたしが泣いていたら駆けつけてくれる優しいところ。本当は誰よりも組思いなところ」

「お、おい」

「暴れん坊なのにお裁縫みたいな細かい作業が得意なところ。血の匂いを気にして香を身に着けているところ。鬼火と紙風船やビー玉で遊んでやっているところ……。あっ、この間は風で飛んでいたお洗濯ものを拾って、そっと畳んでいるところも見て――」

「おいって」

止められてはたと見れば、漆季は大いに困惑して口をひん曲げていた。

「もういい」

「え？　まだいっぱいありますけど」

「いらねえっつってんだろ。用が済んだなら帰れ」

「ま、待ってください。あと三分、いえ五分だけでもお話を！」

「あ？」

悪質な訪問販売員みたいに食い下がる華に、漆季は呆《あき》れ顔《がお》だ。

しかし、ここで帰っては華の本懐は遂げられない。

（漆季さんを慕う組員もちゃんといて、そこから交流を広めればいいって気づいてもらわないと！）

迷惑を掛けている身で助言というのもおこがましいが、気づかせられるのは自分しかいないという自負があった。

どうやって話を切り出そうか悩んでいると、漆季は強硬手段に打って出た。

「鬼火、放り出せ」

鈴を転がして遊んでいた鬼火は、華の周りに集まって食事の膳を運ぶ時のように体を浮かばせた。

「きゃあっ」

波打つ袖から覗《のぞ》いた腕を見て、漆季ははっと息を呑《の》んだ。

「――待て」

鬼火が止まる。漆季は宙に浮かぶ華に近づくと、左の袖に指をかけてまくった。

手首から肘まで巻きついた蛇の痣《あざ》を見て、一気に殺気立つ。

「広がってやがる。いつからだ？」

「……気づいたのは守護の術をかけてもらう前夜でした。たぶん、鱗さんと出会ってから少しずつ広がったんだと思います」

「早く言え」

漆季は華の背中と膝の裏に手を入れて抱き上げ、そっと打掛の上に下ろしてくれた。

そして取り出した煙草《たばこ》に火をつけて吸い、華の左腕を取って痣に煙を吹きつける。

すると、肘まで巻きついた蛇が煙から逃げるようにうねった。

「動いた……」

「ただの痣じゃねえな。あやかしの婚姻を約束させる印だったら成長しない。鱗はどんな術を仕込んで――まさか」

何かを感づいた漆季は華に問いかけた。

「鱗の蛇はいくつだったか覚えてるか？」

華はキャバクラで見た鱗の姿を思い出した。

背中から顔を出した大蛇がうねうね蠢《うごめ》くおぞましい光景は、嫌でも目に焼き付いている。

「たしか六頭でした」

「人間体が一頭として、大蛇は七頭じゃねえとおかしい。もう一頭は別の場所にいる」

「別の場所って……」

華は嫌な予感がした。

答え合わせをするように、漆季は渋面を作って煙草を握りつぶす。

「この痣は鱗の一部かもしれねえ。昔、山城《やましろ》を壊滅させるために大蛇をちぎって向かわせたのを見たことがある。もしも自分から引き離した蛇を、他人に巣くわせることができるとしたら……」

「こ、この痣が蛇……鱗さんの一部そのものっていうことですか？　それがずっと、わたしの体の中に……？」

えずきそうになって思わず口元に手を当てた。

自分以外の存在が、しかも蛇が体内にいるなんて信じられなかった。

ハリガネムシが寄生したカマキリを入水《じゅすい》させるように、この蛇も華を内側から操ったり傷つけたりするのだろうか。

どんどん大きくなっているのも怖い。鱗と一体だった頃のサイズに近付いているとしたら、いずれ華は全身を覆われてしまう。

「鱗はお前を絶対に逃がさねえつもりだ。これだけ執着してやがるとは……」

陰湿なやり方に漆季も混乱しているようだ。

「婚姻痣は、妖力で印を付けて、対象が他のあやかしに狙われないようにする術だ。俺らはこれまで翠晶目的に痣が付けられたと思ってきた。だが、これが鱗そのものだとすれば話は別だ」

「あやかしの婚姻のためじゃないとしたら、何なのでしょう？」

華を花嫁にしたいという言葉が嘘《うそ》なのだとしたら、鱗の本当の目的は別にある。

漠然と、妖怪と結婚するよりも恐ろしいことが起こりそうな気がした。

（蛇が成長していったら、わたしはどうなるの……？）

不安がる華に鬼火がまとわりつく。

淡い光が映しだす泣きそうな顔を見た漆季は、反射的に華の頭に腕を回した。

あ、と思った時には、華の顔は漆季の胸元に押し付けられていた。

「心配いらない。お前は鬼灯組が守る。俺らが鱗から自由にしてやる」

端的に言って、漆季は頭に添えた手に力を込めた。

痛いくらいの強さで抱きしめられて、膨らんだ不安が色を無くしてしぼんでいった。

体に巣くう蛇は恐ろしい。けれど、漆季の広い胸に体を預けていると、不思議と立ち向かう勇気が湧いてくる。

（きっと大丈夫。わたしには鬼灯組がついているんだから）

前向きになると同時に申し訳なくもなった。

痣の問題に漆季も一緒に立ち向かってくれるということは、必然的に鱗とも深く関わる。

漆季は、鱗に『裏切られた』と言われ、身に覚えがないまま殺されかけた。

そこから孤独を切望するようになったのならば、彼が本当の意味で恐怖を克服するには鱗と決着をつけなければならない。

それはとても辛《つら》いことだ。

痣のことも、漆季と鱗の因縁も、どうか無事に解決しますようにと華は祈った。


華と漆季はすぐに狛夜の部屋を訪れた。

痣の正体が鱗の一部かもしれないことと、だんだん成長していることを伝えると、狛夜の美しい顔立ちにビキビキと血管が走った。

「僕の華が、別の男に支配されてるだって……？」

「まだされてません！　殺気を収めてください、狛夜さん！」

大慌ての華に対して、漆季はめんどくせえという表情を隠さない。

「己の体の一部を標的に仕込むなんてよほどの執着だね。婚姻痣なら脅迫――いや、交渉で解消させなければと思っていたけれど、そんな悠長なことは言っていられないようだ。他の男の一部が華の中にあるなんて許せない。何が何でも引き剝がす」

狛夜は嫉妬心を燃え上がらせて扇子を開いた。

「残念ながら、僕では人間に巣くう妖怪を退治する方法は分からない。ご隠居に知恵を貸していただこう」

「ありがとうございます。お二人とも……」

親身になってくれる二人に、華は何度も頭を下げた。


「これはたしかに、八岐大蛇の一部が嬢ちゃんの腕に憑《つ》いておるな」

吸っていた煙管《キセル》を下ろした輪入道は、華の痣を見て断言した。

狛夜と漆季は、やはりそうかと苦虫を嚙《か》み潰したような顔をする。

最悪の推測が当たってしまった華は、黙っていられずに質問した。

「巣くっている妖怪が成長するとどうなるんですか？」

「あやかしの断片に取り憑かれた人間は少しずつ体を食われていき、全身を侵されればそのあやかしに取り込まれる。このままでは、嬢ちゃんも例外でなく八岐大蛇の一頭に変わるだろう」

「大蛇に……」

華は痣に全身を覆いつくされ、大蛇へと変化した自分を想像した。

手と足が消え失《う》せた筒状の体。髪が抜け落ち、肌には鱗《うろこ》が浮き、赤瑪瑙《めのう》をはめたような目は爛々《らんらん》として、開いた口から二つに割れた舌がチロチロと出る。

人間だった頃の面影はない。おぞましい八岐大蛇がそこにはいた。

「……嫌です、そんなの」

手を握って震える華の背中を、狛夜はそっと撫《な》でた。

「人に憑依《ひょうい》して操る妖怪は見たことがありますが、体の一部を寄生させる者もいるとは知りませんでした」

「儂《わし》も実例を知らないほどに珍しい。なにせ禁術だからな」

「禁術？」

輪入道は、逆さにした煙管を煙草盆にコンコンと打ち付ける。

「体をもいで他者に巣くわせれば、己の一部が欠損した分、力が削《そ》がれる。並みのあやかしであれば絶命してもおかしくないため禁術とされているのだ。そうまでして逃したくない相手に持つのは憎悪か恋慕か……。どちらにせよ、ろくでもない執着の慣れの果てだろう」

火皿から落ちる灰は白く、漆季に鱗に殺されかけた夜を思い起こさせた。

鱗がどうして自分を殺そうとしたのか、理由はいまだに分からない。

荒ぶる妖怪を二人で倒して肩を組んで勝利に浸った日や、長雨に見舞われて山小屋で暖を取りながら語り合った夜もあった。

共に過ごした分だけ固い絆《きずな》で結ばれている。

漆季は、鱗とだけはいつまでも縁が続くと思っていた。それなのに。

何かが鱗の逆鱗に触れた。そして、殺されかけた。

向けられた憎悪は、それまで漆季が見たこともない激しい情動だった。

「鱗は執着しやすい奴ではありました。俺がどこに行ってもふらりと会いに来た。最後は殺しに来たけどな……」

鱗は、今度は華に執着している。『裏切られた』という言い分もそのままに。

まるで同じ悪夢を繰り返し見ているようだ。

胸糞《むなくそ》悪くて顔をしかめたら、輪入道にしっかり見られていた。

「そう思い詰めるな。あやかしの一部であれば物理的に排除できよう。蛇が巻き付いた肌を焼くか、それとも腕自体を落とすかすれば確実だ」

「腕を……⁉」

華は悲鳴を上げかける。

体の一部を斬り落とさなければ鱗から逃げられないというのか。

そんな、そんなことって……。

心に大打撃を受けた華は、落とし穴に落ちていくような心地になった。

目の前が急速に暗くなる。頭の中がキンと張り詰め、呼吸は浅く乱れていく。

もう、息が、できない……。

「華！」

傾《かし》いだ体を抱きとめた狛夜は、気を失った青白い顔を見下ろして「それはできません」と首を振った。

「八岐大蛇から逃れるために腕を一本失うなんて、人間には耐えがたい苦痛です」

「ふむ。しかしな……今なら腕一本で済むが、さらに蛇が大きくなれば失う箇所は増えていくだろう」

物理的な処置が一番効くと狛夜と漆季も理解していた。

だが、ただでさえ痣《あざ》に苦しんでいる華に、これ以上の深手を負わせたくなかった。

「……親父《おやじ》、華を傷つけずに済む方法はないでしょうか。コイツは妖怪じゃねえ。やわな人間だ。焼いたりもいだりしたら死んじまう」

「さすれば、あやかし退治を生業《なりわい》としている退魔師に依頼するのも手だ。奴らは儂らの宿敵なだけあって妖怪のあしらい方は確かよ。依頼しに行ったつもりが、逆に退治されないように気をつけねばならんがな」

大笑いする輪入道を、二人は信じられないと言いたげに見つめた。

あやかし極道が退魔師に依頼をする？

いずれは自分の花嫁になる娘を守るためとはいえ、危険な賭けになる。

どんなに上手《うま》く人間に化けていても、術師はその正体を見通すからだ。

のこのこ依頼しに行ったら返り討ちに遭う。後のない人間に金を握らせて代理にしたとて、鬼灯組が関わっていると嗅ぎつけられたら、さらに面倒になるわけで――。

だんまりをきめこむ二人に輪入道は「頭を使え」と告げた。

「鬼灯組には葛野《くずの》家を守る使命がある。お前たちに任せたぞ」

狛夜と漆季は、我に返って深く頭を下げた。

活を入れられて奥座敷《ざしき》を後にした二人は、大広間へ続く廊下を歩く。

「葛野の血脈を守るのが鬼灯組の使命か……。僕らで華を守らないとね」

「真の組長になるために必要な試練だ。おもしれえ。やってやる」

「ん……」

決意を固める二人に同調するように、気絶した華がうなった。

狛夜は彼女が起きないように抱え直し、漆季に小声で告げる。

「休ませてくるよ。痣については後日、組員たちにも知らせよう」

「ああ」

離れへ歩いていく狛夜を見送って、漆季も蔵へと踵《きびす》を返《かえ》した。

◇◆◇◆◇

妖怪退治に長《た》けた退魔師探しは容易《たやす》くない。

祈禱師《きとうし》であれば電話帳に載っているが、彼らはせいぜい勘が鋭い程度。実際に妖怪とやり合える実力の持ち主は、報復を恐れて自らの身元を明らかにしないものだ。

「──術者に退治されかけた妖怪？」

笠をかぶった子どもが不思議そうに見上げてくる。彼が持つ皿には木綿豆腐が一丁載っていた。雨の日にしか現れない豆腐小僧《とうふこぞう》という妖怪だ。

雨が降っている町を転々としているので地方の事情にも詳しく、シマの外に逃げた標的を捕まえる時など、漆季に情報を提供してくれていた。

そんな彼でも、傘もささずにずぶ濡《ぬ》れで自分を探していた漆季は異様に見えるようだ。

がっしりした顎から ポタポタと落ちる雫《しずく》を避けて、一定の距離を空けている。

「強い退魔師を探している。お前が今まで訪ねた町で、こいつは手強《てごわ》い術者だったと吹聴していた妖怪はいなかったか」

「いなかったと思うよ。退魔師なんて恐ろしい相手は口に出しただけでケチがつくもん。話がそれだけならもう行くよ。雨が上がる前に次の町へ行かないと」

豆腐小僧は、皿から豆腐が落ちないように気をつけながら暗い路地を歩いていった。

「……またか」

気が抜けた漆季は、寂れたアパートの階段下に入って雨粒を払い落とした。

情報源になりそうな妖怪は豆腐小僧で最後だ。

朝から降り続く雨も午後になって酷《ひど》くなるし、さんざんである。

ふと視線を上げると、鬼火がふらふらした軌道を描きながら飛んできた。

「何か見つけたか？」

問いかけると炎が弱まった。有益な情報は摑《つか》めなかったようだ。

捜索は完全に暗礁に乗り上げた。

華の肌に刻まれた蛇が婚姻痣ではなく八岐大蛇の一部だということは、組員たちにも知らせられた。

竜胆会との交渉を取りやめて、蛇を引き剝がす方への方向転換はいいとして、退魔師探しには不安の声が上がった。

「退魔師なんておっかねえ！」

「別の方法を探しましょうよ」

「腕なら斬り落とせば解決するのに、どうしておれらが命を懸けなければなんねえんですかい」

皆、うだうだと文句ばかり言う。

鬼灯組で面倒を見ている華の危機なのに、他人行儀なその言葉に腹が立った。

「怖いなら別の方法でも探してろ」

気まずそうな彼らを大広間に残し、漆季は一人で退魔師探しに乗り出した。

狛夜が献身的に支えたおかげで華は平静を取り戻していた。

漆季が退魔師探しに精を出していると聞いて、わざわざ蔵まで「どうぞよろしくお願いします」と頭を下げに来たほどだ。

漆季は、自分に任せておけと請け負う裏で吐きそうだった。

一週間も駆けずり回って、候補の一人も見つけられていない。

最初のうちはまだマシだった。どこそこに有能な術師がいるとか、この退魔師は怖いとかいう噂《うわさ》が、シマの住民から自然と集まったのだ。

だが、たいていが願掛けレベルのおまじないを生業にしている人間で、訪ねていった漆季を妖怪だと見抜けない者ばかり。あんな連中に華を託すわけにはいかない。

古事記や日本書紀では、八岐大蛇は高天原《たかまがはら》を追放された素戔嗚尊《すさのおのみこと》に退治されている。八回も醸造した濃い酒を八つの酒樽《さかだる》にため、八頭すべてに飲ませて酩酊《めいてい》させ、眠っているところを斬り裂いて倒された。

鱗が言うには、ばらばらになった体を集めて再起するまで難儀したそうだ。

そう、八岐大蛇は神ですら殺せなかった大妖怪なのである。

術で引き剝がすとしてもチャンスはたった一瞬だけ。失敗しても成功しても鱗は気づいて駆けつけてくるだろう。全面対決は避けられない。

どうせ鱗と戦うのなら、華を解放してからにしたい。

(また泣かれたら面倒だ)

泣く華を思い出すと、胸の辺りがざわざわと落ち着かない。

別に女の涙が苦手という性分ではない。敵なら女でも平気でぶちのめせるし、味方でも気に入らなければ張り手の一つでもくれてやる。

けれど華だけは、もう殴れそうになかった。

ぼろぼろと大粒の涙をこぼす彼女を見た時、何に代えてもこの人間を守らなければと思った。主君に尽くしていた使鬼としての魂が反応したようだった。

華は主君のように立派な人間ではない。

けれど、どんなに大きな悲しみや苦しみでも投げ出さない芯の強さを持っている。

それを漆季は好ましく思っていた。

鬼火を引き連れて鬼灯組の屋敷《やしき》に戻る。

三和土《たたき》に雨粒を落とす漆季を見て、スマホを片手に通りがかった山彦は眉をひそめた。

「ずぶ濡れじゃん――」

「ほっとけ」

大声を聞きつけた豆太郎がタオルを持ってきてくれた。

むんずと摑んで髪の毛をぐしゃぐしゃ拭くと、少し頭が軽くなる。

「狛はいるか」

「離れで華さまを見守られています」

「……そうか」

狛夜は自分の頭で考えて華のそばにいる。そんな彼に助力は頼めない。

それだけは、漆季のなけなしのプライドが許さなかった。

いっそシマから遠く離れて退魔師を探した方がいいかもしれない。しかしそれでは時間がかかる。痣が華を覆いつくすまでに見つかるかどうか危うい。

「あ、あのさ――」

「あ?」

「退魔師――やっぱ一人じゃ見つからないんだろ――」

実績を上げられない漆季を煽《あお》っているようだ。

暗に狛夜と比べられているような気がして、漆季は山彦の胸ぐらを摑んだ。

「うるせえ。退魔師が怖いと大合唱してた腰抜けが、生意気な口きいてんじゃねえぞ」

「違うって――」

もぞもぞ動きながら山彦は大広間の方を指さした。

手を離して廊下を進み、襖《ふすま》の陰から覗《のぞ》くと、ぬりかべや大蝦蟇《おおがま》といった若衆がパソコンやスマホを手に車座になっている。

華の指導の甲斐《かい》あって、今や組員の多くが端末を使いこなしていた。

緑のジャージに身を包んだ大蝦蟇は、画面から顔を上げて首の骨をポキポキ鳴らした。

「あー疲れた。ネットに転がってる怖い話なんか集めてなんになるんだ?」

「よくあるじゃねえか。心霊スポットに行ったら霊障が起きて、ちょうどよくいた知り合いの寺の息子がぱーっと解決するような話。作り話が大半だが、中には本物の退魔師の情報も混じってるはずだ。先に調べておいて、漆季仮組長に声をかけられた時に『実はもう調べてあります』ってかっこよく出しゃあ、頼れる組員として認めてもらえるぜ！」

ホワイトボードに情報を書き出す金槌坊は、なぜか鼻高々だ。

「俺に認められたい？」

意味が分からず呟《つぶや》く漆季に、山彦は精いっぱいの小さな声で吹き込んだ。

「みんなさ――あんたが一人で頑張ってる姿に心を打たれちゃったんだよ――」

「そんなことあるか。だって、お前らは狛夜派だろうが」

物《もの》の怪《け》一派などは大声で狛夜を真の組長に推している。対抗馬である漆季は蹴落とす相手であって、命令されても素直に聞きはしないと思っていた。

山彦は漆季のぞんざいな言葉に腹を立てた。

「あるよ――あんただって仮組長だろ――！」

大声を聞きつけた金槌坊は、廊下に漆季の姿を見つけてヤベエと姿勢を正した。

「漆季仮組長、お疲れ様です！」

「ああ。お前ら何してんだ」

「退魔師探しの手伝いっすよ。おれら、退魔師に少しもビビらねえで探し回ってる漆季仮組長の俠気《おとこぎ》に惚《ほ》れ込んだんです。腑《ふ》抜けた連中ももちろんいますけど、ここに集まってんのは全員、漆季仮組長の命令なら火ン中でも水ン中でも行けます！」

金槌坊に追従して組員たちが胸を張る。

手伝うと言われても漆季はまだ半信半疑だ。だが——。

こちらを見る目は期待に満ちている。

輪入道を追いかけていた頃の自分を見ているようで、漆季は小さく笑ってしまった。

「……悪かった。お前らを腰抜け扱いして」

長らく内部の密偵や裏切り者の処刑にあたってきたせいか、漆季の目には組員の誰もが愚かに見えていた。

輪入道が組に連れてきた時から、周りに一線を引く兆候はあった。

鱗に殺されかけたせいで、他者を信頼できなくなっていたのだ。

（親父《おやじ》は、そんな俺にもできる仕事を割り当ててくだすった）

役割を与えて、命令してくれなければ、漆季は鬼灯組に居つかなかっただろう。

命じるとはすなわち、部下を信用しているという意思の表れだ。

鱗に裏切られて心に負った傷は癒えていない。他者に心を開くのは難しい。

けれど、すべて自分でやってしまおうとしないで周りに託すことが自然になれば、いずれ漆季にも狛夜のような統率力が身に付くかもしれない。

華が言っていたように、漆季は漆季として認められなければ意味がないのだ。

「強い退魔師を探している。そっちの首尾はどうだ？」

「四方山話《よもやまばなし》を集めて選《よ》り分《わ》けるうちに、かなり信ぴょう性のある情報を掴めたんすよ。こっちで見てください！」

金槌坊に引き入れられて車座の中に入る。

ホワイトボードには真偽の疑わしいオカルト話が無数に書き込まれていた。

これらはインターネット上のSNS等で集めたもので、妖怪の目で見てありえない話を除外していくと、廃れた山寺に住む老人の噂が残ったという。

「仙人みたいな風貌のじいさんで、困った人間が山に向かうのを察して麓で待っているらしいっす。書き込みがまたすごくて、絡新婦《じょろうぐも》に憑《つ》かれた人間を助けたらしいんすよ。本人が退魔の様子を実況してて、ご丁寧に山寺までの写真まで載せてました」

貼られた写真には険しい稜線《りょうせん》が写っていた。

「ここから北東にある霊山だな。一応うちのシマではあるが人里離れた場所だ」

絡新婦は火を噴く子蜘《ぐ》蛛《も》を操る手ごわい妖怪である。

それに取り憑かれた人間を助けたというのが事実なら、退魔師としての実力は十分だ。

「これで決まりだ。お前ら、よくやった」

漆季が褒めると、集まっていた若衆たちは「あざます！」と大声を出して喜んだ。

◇◆◇◆◇

稲を刈り取った田の間を、黒い大型ミニバンは走っていた。

遠くの山々は紅や黄色に染まり、晴れ渡った空模様も相まって絶好の紅葉狩り日和である。けれど、行楽に向かっているのではない。

窓の外を見ているのは、クリーム色の地に紅葉を描いた訪問着を着ている華だけだ。

隣に座る狛夜はタブレットで仕事をしているし、後ろにいる漆季は腕を組んで目を閉じている。

運転手の狒狒も無駄口を叩《たた》くタイプではないので、華はじっとしているよりなかった。

(あの山に、腕の蛇を引き剝がしてくれる退魔師さんがいるんだ……)

見つけた退魔師に漆季は一人で会いに行こうとしたが、狛夜に止められた。

「妖怪だけで行ってまともに話を聞いてくれるかどうか。依頼が本物だと証明するためにも華を連れて行かないかい」

「アイツも危険な目に遭うかもしれねえぞ」

「そうなったら、君が攻撃を受けているうちに僕が華を連れて逃げるさ」

こうして、華は狛夜と漆季に連れられて移動しているというわけだ。

やがて車は霊山の麓に着いた。

裾を気にしながら降りた華は、石造りの鳥居と紅葉に囲まれた果てしなく長い石段を見て不思議に思った。

「退魔師さんは山寺にいらっしゃるのでは？　鳥居があるのは神社ですよね」

「昔は神も仏も同じ場所にいたんだよ。神仏混淆《こんこう》といってどちらも等しく信仰対象だったんだ。明治政府が神仏判然令というのを出して神社と寺院を区別してしまったけれど、人間が墓を寺院に設けて、新年に神社へ初詣に行くのは、信仰という意味でとても自然なことだと思うよ」

元神使なだけあって、狛夜は人間の宗教事情にも詳しかった。

これから行く山寺は、まだ神と仏が同じ場所にいた頃から山に建っているようだ。

しかし、こんなに急な石段の上にあるとは思わなかった。

華は、紅色の鼻緒に兎《うさぎ》が刺繡《ししゅう》された草履を見下ろした。

（これで上り切れるかな）

動きやすい洋服とブーツにすればよかった。

後悔しながら鳥居をくぐると、突然しゃがれた声で話しかけられた。

「階段を上るお手伝いをしましょうかの？」

「ありがとうございます。一人でも大丈夫で——」

答える途中で華は気づいた。問いかけてきているのは、誰？

視線を上げると、階段の中腹に山伏のような格好をした白髪の老人がいた。

「華。僕の後ろへ」

狛夜が華をかばうと同時に、漆季は階段に前足をかけて声を張り上げた。

「何者だ！」

「そなたらの探し人じゃよ。九尾の狐に、鬼夜叉じゃな。ここまで強い妖怪を二人も従える人間は初めてじゃ。ここには某《それがし》以外には誰もいない。遠慮せずに上がってきなさい」

そう言うと、老人の姿は消えてしまった。華はぱちぱちと瞬きする。

「いなくなっちゃった……」

「幻術で迎えを寄こしたようだ。鳥居をくぐってすぐ僕らの正体を見抜いたし、かなり強い退魔師だね」

狛夜は、華を横抱きにした。

「狛夜さん⁉」

「着物で石段は大変でしょ。僕が連れて行ってあげるよ」

ふわっと髪をなびかせて狛夜は宙に浮きあがった。九尾の狐は身軽なので、自由に空を駆けられるのだ。

荒く石を積み上げた階段を鳥のように急上昇する。

色鮮やかな紅葉のトンネルを抜けた先で、急に視界が開けた。

砂利を敷いた広い境内の奥に古びた寺があった。檜皮葺《ひわだぶき》は苔《こけ》むして、パセリを振ったオムライスみたいにまだらな緑色になっている。

華を立たせた狛夜は漆季と共に寺へ入る。

四十センチはあろうかという大きな蠟燭《ろうそく》が錆《さ》びた本尊を照らす本堂で、先ほど見た老人があぐらをかいて待っていた。

近くには茶碗《ちゃわん》と急須が準備してあり、三人分の座布団も置かれている。

「どうぞお座りなさい」

「失礼します」

狛夜、華、漆季の順で座ると、退魔師は緑茶でもてなしてくれた。

茶碗に触れようとした華の手を、狛夜が扇子の先で押さえる。

見れば、狛夜も漆季もお茶には見向きもせずに退魔師を見つめていた。

「僕らが妖怪であると分かっていて、なぜもてなしを？」

「某は困り事を抱えた者のためにここにいるんじゃ。妖怪退治を生業《なりわい》にして生きてきたが傘寿を過ぎて廃業し、人里離れた霊山に庵《いおり》を結んで、妖怪と人間双方の力になると決めたのでな」

たくさんの人間を救った退魔師は、同じだけ妖怪に恨まれていると知っていた。

それを悪く思い、今は種族の区別なく相談に乗っているという。

「さて、そなたらは何を相談に来たんじゃ？」

急須を置いて腰を落ち着けた退魔師に、華はおずおずと痣《あざ》を見せた。

「これを引き剝がしていただきたいんです」

「……ほう」

肘までを覆いつくした蛇に、退魔師はもさもさした眉を動かして目を見張った。

「これは珍しい。蛇神が巣くっておるようじゃ」

「八岐大蛇の一部です。幼い頃、花嫁になってほしいと告げられて応じたら、手首に蛇の痣を付けられました。最近まであやかしの婚姻痣だと思っていたんですけど、当人に再会したら成長し始めて違うと分かったんです。このままではわたしは大蛇へと変わってしまいます。どうか助けていただけないでしょうか？」

この退魔師が頼みの綱だ。華の真剣さに、退魔師は深く頷《うなず》いた。

「もちろん助けましょうぞ。某にとっても命がけの、人生最後の大仕事になる。入念な準備が必要じゃ」

退魔師は狛夜と漆季に助力を求めた。

大事なのは、儀式の日まで華を八岐大蛇に会わせないこと。蛇が広がれば広がるほど、引き剝がすのが困難になるためだ。

さらに無事に引き剝がしたとしても、異常を感じた相手が駆けつけてくる。八岐大蛇を退治する力は老齢の退魔師にはもうない。

「そちらは問題ありません。シマの境界に組員を集めて八岐大蛇の侵入を阻止します」

「シマとはどういうことじゃ」

狛夜は漆季と視線を合わせて、お互いに変化を解いた。

どろんと現れた九尾の狐と鬼夜叉の着物には、鬼灯組の代紋が染め抜かれている。

「俺たちは、あやかし極道・鬼灯組。この件を引き受けてくれるんならあんたの命も責任を持って守る」

さすがにこれには驚いて、退魔師はよろめいた。

「あやかし極道……風の噂《うわさ》には聞いたことがあったが、現実だったとは。冥途の土産になったのう」

退魔師と華たちは儀式の日を定めて別れた。

(よかった。引き受けてくれて)

これで鱗から逃れられる。

鳥居の下まで送ってもらった華は酷《ひど》く安心して屋敷《やしき》に戻った。

それから十日後。華は狛夜と漆季の二人に連れられて、再び山寺を訪れた。

鳥居をくぐっても幻術は現れなかった。儀式のために集中しているのかもしれない。

しかし、少し妙だ。石段には枯れ葉が溜《た》まり、境内に立っても鳥の声すら聞こえない。

「前に来た時はもっと自然の音がしていたような……」

「じいさん、来たぞ」

木戸を叩くが反応はなかった。

今日この時間に来いと指定しておいて忘れてしまったのだろうか。

「漆季、何かがおかしくないかい?」

「ああ。静かすぎる」

違和感を覚えた狛夜は華に腕を回し、漆季は背後の何もない空間から刀を引き抜いた。

「開けるぞ」

漆季が戸に手をかける。がらりと開いた瞬間、金木犀《きんもくせい》が薫った。

（え……？）

華の目には蠟燭の燃えさしが映った。続けて、経机に準備された粗塩に手を伸ばした体勢で倒れている老人の姿が飛び込んできた。

「じいさん！」

駆け寄った漆季は、退魔師の体を抱える。

たるんだ肌が青く変色しているのを見て、狛夜は素早く華の目を手で覆った。

「見ない方がいい。寒い時季でよかったと言うべきだね」

「亡くなっているんですか……」

高齢だとは聞いていたが、まさか死体の第一発見者になるとは想像していなかった。

痣を引き剝がす術を受けられない残念さより、ショックの方が大きい。

家族が亡くなった時を思い出し、華の心臓はドクドクと脈打った。

「外傷はない。心臓発作か、老衰か……ん？」

漆季は退魔師の節くれだった指が固く握りしめられていることに気づいた。固着した指を一本一本解いていくと、中からピンク色の粒が落ちた。

「なんだ、これは？」

漆季がつまみ上げた粒を見て、狛夜が青い目を見開いた。

「魔薬だ……」

「まやくって何ですか？」

「西で広まっている妖怪の違法薬でね。この錠剤の中には妖怪を酩酊《めいてい》させる成分が含まれていて、依存性が非常に高い」

「西……」

華は、西を牛耳る竜胆会を思い浮かべた。

続けて狛夜は、魔薬はまだ鬼灯組のシマへは入ってきていない。それを人間が持っているなんておかしいと教えてくれた。

漆季は赤い瞳を鋭くして錠剤の匂いをかぐ。

「くせえ……鱗の臭いがする」

「もしかして、鱗さんがここに？」

周囲を見回す華に、漆季は「そうとは言い切れねえが」と言葉を濁した。

「意外と当たっているかもしれないよ。匂いがするということは、鬼灯組が退魔師と接触を図ったとどこかで聞きつけて、先手を打って始末したとも考えられる」

狛夜は淡々と推理するが、聞いている華は戸惑った。

「でも……妖怪用の薬が人間にも効くんですか？」

「妖怪の薬を人間が服用すると何が起こるか分からないからね。ひょっとしたら、魔薬を体内に入れたことで強烈な拒否反応が起こり、それが心臓発作に繋《つな》がったのかもしれない」

溜め息が降ってきた。漆季も亡骸《なきがら》を見下ろして表情を曇らせる。

「じいさんと会ったのは組員しか知らねえ。鱗はどこで聞きつけた」

「内通者がいるのかもしれないね――」

ドク、ドク、ドク。二人が会話している間も華の鼓動は鳴りやまない。

（退魔師さんが死んじゃった……）

鬼灯組が依頼したのを察して鱗が始末したというなら、退魔師が亡くなったのは。

（わたしのせいだ）

狛夜の手のひらに重なって、絶望が華の視界を覆う。

黒く広がる陰鬱とした世界には、焼け焦げた両親と倒れた祖母の幻影が見える。

（わたしのせいで、また人が死んじゃったんだ……）

胸の奥から、かつての後悔がどろっと流れ出した。

上手にしまい込んできたトラウマは粘度が高く、鬼灯組のおかげで穏やかに潤っていた心の平原に溶岩のように押し寄せて、華を責めた。

ごめんなさい、ごめんなさい。

声にならない声で華は退魔師に謝る。

華がそんなにも思いつめていることに、狛夜も漆季も気づいていなかった。

第三章　蛇は一寸にして狐を呑む

退魔師が殺された一件により、痣問題はふりだしに戻った。

狛夜《びゃくや》と漆季《しき》は組内に内通者がいて、退魔師に依頼したことが鱗《りん》に洩《も》れたと考えているようだ。野放しにすれば同じことの繰り返しになるため、退魔師探しは続行するが見つけたとしても依頼は見合わせることになった。

裏切り者がいる可能性については組員たちに伏せたまま調査が行われていた。

華《はな》はまた、何もできないまま離れで過ごすしかない。

「おやつ時にご隠居と鬼灯丸《ほおずきまる》が訪ねていらっしゃいますので、華さまは離れでお過ごしください」

念を押して、豆太郎《まめたろう》は立ち上がった。

離れは、狛夜が買ってくれた厚い毛布や和装コート、手袋やファーバッグなどであふれかえっている。このままでは寝る場所もないため、荷物の整理を手伝ってくれたのだ。

午前中から秋冬物と格闘していた華はへとへとである。

「心配しないで。どこかに行く元気はないから……」

母屋の仕事を手伝いに行く豆太郎を、華は兎《うさぎ》形のクッションにもたれて見送った。

もふもふの尻尾が見えなくなったのを確かめて、着物の袖をたくし上げる。

「大きくなってきてる」

巻きついた蛇は二の腕も埋め尽くして左胸に迫っていた。

痣《あざ》が大きくなるにつれ、華にも変化が現れた。以前より疲れやすくなったのだ。

鱗の一部は華の体力を奪って成長しているらしい。

一刻も早く逃れたいが、頼みの綱である退魔師が亡くなったばかり。すぐに別の者が見つかるわけでもなく、痣問題は八方ふさがりだった。

なにより、退魔師が亡くなったことが華の胸に重くのしかかる。

「魔薬を飲ませたのが鱗さんだとしたら、退魔師さんが殺されたのはわたしたちが依頼したせいだ……」

華がせがんだ花火のせいで火事の犠牲になった両親のように、華を育てるために病気を放置してしまった祖母のように、退魔師も華と関わったせいで死んだ。

まるで死神のようだと、自分でも思う。

誰にも死んでほしくないと言いながら、親切にしてくれた人々に死を運んでいる。(狛夜さんと漆季さんもわたしのせいで退魔師と接触することになってる。今回は相手が妖怪にも協力的だった。でも、次は無事で済むとは限らない――)

倒れる狛夜と漆季を思い描いて、ぞくっと背筋が震えた。

華が助かりたいと願うことで、今度は彼らが死ぬことになるかもしれないのだ。

「いるか」

縁側の方から呼びかけられた。

はっとして障子を開けると、庭先にいた金槌坊《かなづちぼう》が小さな紙袋を突き出す。

「これ、天降女《あもろうなぐ》ちゃんがお前にって。一日分の給料だとさ」

「お給料はお店の修理費に充ててくださいって伝えたはずですけど……」

華が鱗の怒りを買ったせいで、店の内装や調度品は派手に壊れた。働かせてくれた恩を仇《あだ》で返してしまったため、給料はいらないと申し出たのだ。

「修理代の残りだって言ってたぜ。せっかく新装開店したのに店を休業するんだと。天降女ちゃんは義理がてぇから、働いてた嬢たちに餞別《せんべつ》代わりに渡してんだよ」

「どうして急に休業なんて……」

顔を曇らせる華に、金槌坊は「ここだけの話だぜ」と耳打ちした。

「実は、修理が終わって店を再開した頃から営業妨害を受けてたんだと。店を開く時間になると、どこからともなく強面《こわもて》の男たちがやってきて客を恫喝《どうかつ》してたらしい」

天降女は、鬼灯組《ほおずきぐみ》に毎月みかじめ料を支払って、用心棒を頼んでいる。トラブルがあればすぐに駆けつけるのだが、華の件で組に迷惑をかけたと思って耐えていたそうだ。

相談を受けた金槌坊はライバル店の仕業を疑ったが、そういう兆候はなかった。

「客が少なくなっても何とか営業してたが、ついに天降女ちゃん自身も恫喝されちまったんだ。これじゃ、いつ店の嬢たちが怪我《けが》させられるか分からねえと、やっとおれらを頼ってきた。形だけでも受け取っとけ」

紙袋の中には、高級チョコレートの包みと金一封が入っていた。

狛夜に外出を禁じられて、華は謝りにすら行けていないのに、優しい妖怪だ。

「組で調べても嫌がらせ相手は分からないんですか？」

「近くの住民の話では、関西風のなまりがある連中だったらしいぜ。どこから来たのか尋ねようとすると、四方八方に逃げちまうらしい」

「関西風のなまり……」

もしかして、営業妨害も竜胆会《りんどうかい》の仕業だろうか。

鬼灯組のシマに入ってきた魔薬。ケツ持ちしている店への営業妨害。

二つに共通しているのは、じっとりした陰湿さだ。

(鱗さんが一枚嚙《か》んでいるとしたら放っておけない。恨みを買ったのはわたしだもの)

華は、金槌坊のスカジャンの袖をぎゅっと握った。

「金槌坊さん。お願いがあります」

「あーあー、なんも聞こえねえな！　おれは狛夜さんに、二度と自分の許可なくお前を連れ出すなって注意されてんだ。破ったら指がなくなっちまう！」

「違います。わたしがキャバクラに出勤した後に営業妨害が始まった件について、仮組長にご報告に行きたいので一緒に来ていただきたいんです」

「とっくに知ってるぜ」

「え？」

驚く華に、金槌坊は「そういえばお前には秘密だったんだ」と青ざめた。

「どういうことですか。ちゃんと説明してください！」

「分かったから袖をちぎろうとすんじゃねえ！　妨害を受けてたのは天降女ちゃんの店だけじゃなかったんだよ。他の店はすぐに泣きついてきたんで、仮組長の命令で調べてたんだ。鬼灯組がケツ持ちしている店を恫喝するなんて、よほどの怖い物知らずか、同じくらい強大な組織がバックについているかだ。ぜってえ竜胆会の奴らだぜ！」

「どうして、わたしには教えてくださらなかったんでしょうか……」

たしかに華に調査はできない。事件に首を突っ込んでも足手まといだ。

鱗が鬼灯組を攻撃する原因を作ったのは華なのに、狛夜も漆季も責任を取らせてくれない。それが、お前は無能だと突きつけられているようで辛《つら》い。

無能はいずれ不要になる。不要になったら居場所をなくすと、華はこれまでの人生で十分に経験していた。だから、何もできない状況がこんなに苦しいのだ。

こんな思いをするくらいなら、いっそ鱗に酷《ひど》い目に遭わされた方がいい。

傷つけられるのは辛くても自分を嫌いにならずに済むし、なにより――。

(鬼灯組のみんなが死なずに済む)

華は暗い表情ですっと立ち上がった。

「わたし、鱗さんのところへ行きます」

「ふぁっ!? なんで急に！」

金槌坊を置き去りにして華は渡り廊下に出た。

気落ちしているせいか錘《おもり》を下げられたように体が重い。

視界が左右にぶれて、少し遅れて自分が揺れているんだと気づく。

母屋から歩いてきた漆季と狛夜は、どんぐりで作ったやじろべえみたいにふらつく華に面食らった。

「華、どうしたんだい？」

「狛夜さん、漆季さん、お世話になりました。わたし、竜胆会に行きます」

立ち止まった華は、今にも消えそうなか細い声で言って微笑《ほほえ》んだ。

狛夜は困った顔で華の両肩に手を当てる。

「竜胆会の会長と会えば、痣がさらに広まるかもしれないんだよ。全身を取り巻かれたら大蛇になってしまう」

「それでもいいです。また誰かが死んじゃうくらいなら、わたしがいなくなった方がずっといい……」

華の瞳からぽろりと涙がこぼれた。

厄介者が泣いたりしちゃいけないのにと、華は両手で顔を覆う。

「きっと、わたしがいるから死んじゃうんです。わたしが全部悪いんです」

鱗に抗《あらが》いたい。でも、抗えば抗った分だけ味方の犠牲が出る。

無力な華には、自分を引き渡す他に皆を守る方法が分からない。

「――命を投げ出すのか。命は大事だと、あんだけ言ってたお前が」

ふいに漆季が口を開いた。

他者への不干渉を貫いてきた彼にとっても、華の言葉は見過ごせなかった。

「お前が妖怪にも人間にも死んでほしくないと言うから、俺は無駄な殺生を止めた。最後まで自分でいるって覚悟はどこにいった。目を覚ませ」

「でも、わたしがここにいたら、皆さんも犠牲になるかもしれないんですよ！」

華は涙を振り落として訴えた。

「そんなの嫌です。もう、嫌なんです……」

「華……退魔師が亡くなったことを自分のせいだと責めていたんだね。気づかなくてごめん。でも、華のせいではないよ。辛い過去のせいでそういう考えになってしまうのは理解できるけれど、華が竜胆会に行ってこの世からいなくなってしまったら、今度は僕と漆季が悲しむ。仮組長として力不足だったから君を失ったんだとね」

狛夜に悲しそうに言われて、華は口を閉じた。

華が彼らを大切に想《おも》うように、彼らもまた華を大切に想ってくれている。

それは理解している。感謝している。けれど、恩義では心にかかった雲は晴れない。

「華を不安に陥らせた原因は、君かな」

狛夜はスイッチが切り替わったように冷たい目で渡り廊下の奥を見た。

そこには、柱からはみ出たリーゼントがあった。

「離れで何をしていたんだい、金槌坊」

「おっ、おれは天降女ちゃんから華への預かりモンを持ってきただけっす！　指は勘弁してください！」

柱から飛び出して直立する金槌坊に、漆季は嘆息した。

「営業妨害について聞いちまったってことか……」

「違うんだよ、華。君に秘密にしていたのは、余計な不安を抱えさせないようにと思ってのことで、のけ者にしていたわけではないんだ」

「分かってます……。でも、わたしはちゃんと知らせてほしいです。自分が招いたことなのに知らないまま能天気に過ごしたくありません」

思い詰めた声に、普段ならのらりくらりと躱《かわ》す狛夜も頷《うなず》かざるを得なかった。

「善処するよ。営業妨害が起きた時期や魔薬を見るに、竜胆会による攻撃は始まっているようだから、華の安全を第一にさせてもらった上でというところは譲れないけれどね」

西に関する事件が連続で起きているため、退魔師の件は偶然では片付けられない。

地獄を見せると言っていた鱗は、生ぬるい仕打ちでは満足しないだろう。

ということは今起きている事態は、何かの準備段階かもしれない。

「竜胆会は、何を仕掛けてくるつもりなんでしょう……」

薄い色の空を見上げると、いくつかの疑惑が浮かんできた。

「どうして鱗さんは、わたしが『CLUBセレストメイデン』にいると知っていたんでしょう。あの日が初めての出勤日だったのに……」

たまたま見つけたわけではない。鱗本人が『会いに来た』と言っていた。

そんなこと、華にGPSでも付けていなければ不可能だ。

「ひょっとして……これ?」

華は左腕の痣《あざ》を見下ろした。

蛇は鱗の一部だ。取り憑《つ》いた相手の位置は、常にお見通しなのかもしれない。

「狛夜さん、漆季さん。内通者はいないかもしれません。退魔師に会いに行ったのが鱗さんにバレたのは、わたしの位置が知られているからではないでしょうか?」

「それはないね。守護の術がかかっているし――っ!」

気配を察知した狛夜は、ばっと振り向いて庭を見た。

漆季もいち早く動き、母屋の壁に隠れていた緑ジャージを捕まえて、体を反転させて壁に押し付けた。その手からスマホが落ちる。

「大蝦蟇《おおがま》。テメエ、何してやがる」

「な、何もしてません！　たまたま通りかかっただけです」

「おいおい、なんだこれ！」

スマホを拾い上げた金槌坊は、録音アプリが作動しているのを見て顔をしかめる。

「なんで録音なんかしてんだ。まさか、お前……」

「君が内通者か」

渡り廊下の端に立った狛夜は、腕を組んで睥睨《へいげい》した。

「以前からこちらの動きが筒抜けだとは思っていたよ。竜胆会にどんな条件を出されたんだい？」

冷たい声で問い詰められた大蝦蟇は、巨大な口を開いて笑った。

「あっちの組では水場の妖怪はいい役につけるんだ。鬼灯組でこき使われる下っ端生活から引き抜いてやると言われたんだよ。金槌坊たちが退魔師を見つけたことも、その退魔師に依頼しに行ったことも、全部報告してやった！」

竜胆会の本団体には龍神や蛟《みずち》、水妖だけが所属できる。若衆の中でも下っ端の大蝦蟇は、そちらに移れば役員だって夢ではないと思ったようだ。

退魔師が死んでいたのは、大蝦蟇が竜胆会に情報を渡したせいだった。

華が退魔師に蛇の引き剝がしを依頼したと知った鱗は、儀式の前に接触して魔薬を飲ませたのだ。

「テメエ、なんで裏切りやがった。仲間になれたと思ったのは俺だけかよ、くそ！」

漆季が大蝦蟇の背中を強く踏みつけると、「ゲエエコ」と悲鳴が上がった。

それでも大蝦蟇は水場へ行こうとジタバタもがく。蛙《かえる》の妖怪は水を伝って移動できるので、竜胆会へ逃げ込むつもりなのだ。

しかし漆季は足で食い止めて離さなかった。

大蝦蟇は開けっぴろげの口から血を吐き、大きな蛙の姿になっていく。

口を押さえて震える華の肩を抱いて、狛夜は大蝦蟇に告げた。

「君のせいで退魔師が死んだというのに、華は自分を責めて追い詰められていたよ。華を苦しめた君を絶対に許さない」

見下ろす表情は冷血だった。残虐さでいえば狛夜も漆季と変わらない。

「あとは任せたよ」

狛夜は華を横抱きにして離れへと戻っていく。

「……テメエはこっちだ」

漆季は後のことを金槌坊に頼み、大蝦蟇を引きずるようにして蔵へ移動したのだった。

拷問で出た一切の話を、漆季は臨時例会で話した。

大蝦蟇はここまでトラブルも起こさず、素行も悪くない組員だったので、若衆のざわめきは大きかった。

◇◆◇◆◇

漆季の言葉を引き継いで、裏どりを行った狒狒《ひひ》が報告する。

「営業妨害してやがったのは竜胆会系の構成員で間違いなさそうです。店が抜けて賃料を集められなくなったビルの持ち主に売買の話がいってやした。買い取りを申し出た相手は関西の不動産会社で、竜胆会系の二次団体の世話になってるとか。最悪なことに、いくつかは組を通さずに売買が済んじまってます」

「もう買い取られちまってんのかよ」

「よりによって、竜胆会に……」

幹部にも動揺が走った。

竜胆会が水面下で鬼灯組のシマを侵略していたとは、寝耳に水もいいところである。

(仲間だと思っていた組員が実は敵方に寝返っていたなんて、みんなショックだよね)

特に仮組長の二人は、組を引き継いで初めての事態でさぞや困惑しているだろう。

華はこっそり上座を窺《うかが》った。

狛夜は開いた扇子で口元を隠して、組員たちに表情を気取られないようにしている。仮組長である自分が動揺すれば、下も不安になるからだ。

上の者としての威容も十分の狛夜に対して、漆季は沈んだ表情で畳を見つめていた。

漆季がしゃべりださないのを横目で確認して、狛夜は扇子を畳んだ。

「ずいぶんと舐《な》めた真似《まね》をしてくれたものだ。だが、これは我々が竜胆会に揺さぶりをかける一手にもなる。さらなる侵略が行われないようシマの巡回を増やそう。担当地区は二名一組で回ることとし、一定期間が過ぎたら当番を回すように」

一人だと大蝦蟇のように寝返りやすい。二名で担当を回していくことで、その地区が組の知らないうちに竜胆会に買い取られないようにするのだ。

「それと……君たちに再度忠告しておこう」

淡々と告げて、狛夜は扇子を膝に立てた。

爛々《らんらん》と光る青い瞳の中で、瞳孔が鋭利な刃物のように細くなる。

「あやかし極道はメンツを潰されたらどんな手を使ってもやり返す。うちにアヤつけた竜胆会も、僕の華に唾をつけた竜胆鱗も、いずれ僕らが屠《ほふ》るんだ。組を裏切った者は死より惨《むご》いことになると覚悟しておけ。誰も大蝦蟇のようになりたくないだろう？」

話にそぐわない笑顔を振りまかれて、組員たちはゾッと青ざめた。

華も気圧《けお》されて倒れそうになったが何とか姿勢を保つ。

やっぱり狛夜はすごい。表情一つでこの場を掌握してしまった。

「僕からは以上だよ。君は？」

漆季がふるふると首を振ったので、狛夜は続けて発した。

「臨時例会はこれでしまいとする」

「「はっ」」

一礼する組員たちを一瞥《いちべつ》して、漆季はさっさと大広間を出て行ってしまった。

やはり様子がおかしい。華に離れへ戻るように告げて狛夜が後をついていくと、庭にある池のたもとで漆季の足がふらついた。

「危ないよ」

いきなり声をかけられて、漆季ははっと振り返った。

「お前、ここで何してる」

「それはこっちの台詞《せりふ》だよ。鬼ではなく濡《ぬ》れ鼠《ねずみ》にでもなるつもりかい」

目を丸くした漆季は、足が池を囲う岩に向かっていたのに気づいた。

「……いつの間に」

「この忙しい時にぼうっとしないでくれるかな。迷惑だ」

「分かってる。ただ……昨日は……」

昨日は大仕事だった。

どこで竜胆会側と接触したのか口を割らない大蝦蟇を、漆季が蔵の地下で拷問したのだ。

大蝦蟇は酷《ひど》い責め苦を与えられたと、狛夜は聞いている。

「俺にとって処刑はお手の物だった。これまでは」

漆季はおもむろに手を開いた。

例会の間中きつく握っていたので、手のひらに爪の痕がついている。

「親父《おやじ》の命令に従っていればよかった。殺《や》った責は親父がすべて負ってくれた。だが今回は、俺が、俺の組員を殺すのかと怖くなって殺せなかった……」

漆季が、自分が率いる組の仲間に拷問するのは、これが初めてだった。

赤い蠟燭《ろうそく》を灯《とも》した地下で大蝦蟇を絞り上げる間、大切な宝物を自分の手で壊しているような不条理さと、考えつく限りの苦痛を与えたい衝動が交互に襲ってきた。

終わってみれば、返り血と汗で服がぐっしゃりと濡れていた。

「拷問を済ませた後で怖くなった。裏切り者が出るたびに始末していったら、いつか鬼灯組は、俺と狛《びゃく》だけになっちまう……」

「そんなくだらないことで悩んでいるのかい」

ザッと吹いた秋風が白金の髪をなびかせた。

仮組長という立場にいながら怖いだなんだと口にする漆季には、飄々《ひょうひょう》としている狛夜もさすがに腹に据えかねた。

「僕らがなぜ会社でも寄り合いでもなく〝極道〟を掲げていると思っているんだい。花畑で遊ぶようなお仲間ではないからだよ。僕らにとって暴力こそが力だ。仲間が減るのが怖いと裏切りを許し、仁義を軽んじていけば、いずれ鬼灯組自体の存在価値がなくなる。そうなれば、シマの住民は、組員の生活はどうなる。怖がっている暇はない。組長は死に物狂いで組を守るしかない。どんな犠牲を出してもだ！」

狛夜は、見たこともないような怖い顔をして、漆季の胸ぐらを摑《つか》んだ。

殺すことにためらいを覚える漆季に対して、狛夜は組の維持のためには必要な死もあると割り切っていた。

「甘ったれるな。お前は仮にも組長だ。僕の片割れなんだ。二度と弱音なんか吐くな」

手を離した狛夜は、最後にドンと拳を漆季の胸に叩《たた》きつけて去っていった。

「……甘ったれるな、か」

狛夜の言葉を繰り返した漆季は、拳でガツンと頭を殴った。

説教を垂れさせる隙を与えた自分に腹が立ったのだ。

「うわっ！　なにしてんすか、漆季仮組長！」

ちょうど殴るところを見ていた金槌坊がのけぞった。

（コイツは華とも打ち解けているし、狛夜より俺の方をよく見ている）

「金《かな》、仕事だ。俺と来い」

いきなり名指しされて、金槌坊は目を輝かせた。

「いいんすか！　おれ、漆季さんの強さにずっと憧れてたんすよ！」

「そうか。狛は竜胆会によるシマ侵略に兵を割く。だから、俺らで次の退魔師を見つけるぞ。やれるか」

「任せてください。どこにでもついていきますぜ！」

金槌坊と漆季が去った庭で、輪入道《わにゅうどう》は鬼灯丸を散歩させていた。

「クゥーン……」

「心配するな。彼奴《あいつ》らは修羅場を潜《くぐ》り抜《ぬ》けてきたあやかしだ。この程度で音を上げるような未熟者ではない」

輪入道は葉が落ちる銀杏の木を見上げて、「いざとなれば儂《わし》も手を貸そう」とこぼした。

◇◆◇◆◇

狛夜と漆季がそれぞれ奮闘する中、華は華で痣《あざ》を抑え込む計画を練っていた。

離れの雨戸を閉じて、帯をしゅるりと解き、着物や襦袢《じゅばん》を床に落とす。

姿見に全身を映して溜《た》め息《いき》をつく。こんな恐ろしい姿、組員には見せられない。

右胸に迫る痣は、錐《きり》で刺されたようにズキンと痛むこともあった。タトゥーを入れた経験はないが、たぶん肌に墨を刺すとこんな感じだろう。

日に日に大きくなる蛇が怖い。

けれど怖いと取り乱せば、忙しくしている狛夜と漆季の手をわずらわせてしまう。

華がどこかへ行ったら、仮組長も責任を感じて苦しむ。

さんざん苦しんだからこそ、華は彼らに同じ気持ちを味わわせたくなかった。

「今は屋敷《やしき》で大人しくしていよう。歯がゆくても」

漆季たちは危険を冒して退魔師探しに駆け回っている。だから、華は華なりに調べた情報で痣の広がりを食い止めてみせる。

重たい体に鞭打《むちう》って和簞笥《わだんす》を開けると、虫よけに入れた樟脳《しょうのう》の匂いが鼻をつく。

華が調べたところ、蛇は嗅覚が優れていて刺激臭に弱いらしい。蛇避けに煙草《たばこ》をほぐして撒《ま》くといいと言われるのはこのためだ。

しかし華は喫煙者ではないし、副流煙の心配もあって、離れで煙草を焚《た》くのは躊躇《ためら》われる。

他に刺激的な匂いのものはないか考えた時に、ぱっと思い浮かんだのが樟脳だった。

普段は陰干しして匂いを取り除いてから着用するが、和箪笥から取り出したままの着物はしばらくツンとした匂いがしている。

これを身に着けていれば、華に巣くった蛇への威圧になるはずだ。

黄八丈を身に着けて気分転換にテレビをつける。

午前のワイドショーで、HOZUKIグループが大々的に取り上げられていた。

(新しい事業でも始めたのかな?)

よくよく見れば、右上のテロップには『反社団体と癒着か!?』の文字。

華は息を呑《の》んで画面にかじりついた。

解説ボードには、イケメン経営者として有名な狛夜の顔写真が貼りつけられ、海外大学への留学やMBA取得といった経歴まで暴かれていた。

隅には、漆季と金槌坊がHOZUKI系列の会社に入っていくところを撮られた写真が小さく映っている。

『いや〜、まさかHOZUKIグループが暴力団の力を借りて、会社を大きくしていたとはね〜』

解説者の話に華は青ざめた。

HOZUKIグループが鬼灯組に繋《つな》がっていることは極秘事項だ。そうでなければフロント企業の意味がない。どうして報道されているんだろう。

『代表取締役《とりしまりやく》社長はかなりお若いのですが、巨大グループを一代で築き上げた手腕を疑問視する声があるようです。VTRどうぞ』

流れ出したのは、狛夜が昔から暴力団と付き合いがあったと証言する、元HOZUKI社員の映像だった。顔にモザイクがかかっていて名前も仮称なので、実際にそういう人物がいるのか、それともテレビ局が用意したサクラなのかは分からない。

映像はスタジオに戻り、元警部だというコメンテーターが物知り顔で話す。

『こういう報道が出ることは今までありませんでした。暴対法ができて大分経《た》ちますが、いよいよ反社も追い詰められてきたってことです。関東の組は関西に比べて昔カタギの人情が残ってましたが、こりゃもう終わりですね』

関東の組とぼやかしたが、明らかに鬼灯組を名指ししていた。

（なにが起こってるの⁉）

母屋に駆けていくと、大広間に集まった組員たちが怖い顔でHOZUKIグループと反社の繋がりを書いた新聞をビリビリに破いていた。

「よくも好き勝手に書いてくれやがってこの！」

テレビだけでなく、新聞や週刊誌、ネットニュースにまで一気にスキャンダルが頒布されているようだ。

華は階段を上って、狛夜の部屋の戸を叩いた。

鬼灯《ほおずき》模様の格子をはめたガラスの向こうには、陽が差し込む座敷《ざしき》が広がっている。

「狛夜さん。開けてください！」

カラリと戸が開く。狛夜に使役されている管狐《くだぎつね》が中から開けてくれたのだ。

足を踏み入れると一瞬で景色が変わる。

い草の匂いがしてきそうな畳は消え、黒いレザー張りのソファとテーブル、書類棚や業務用コピー機が並ぶ、現代的なオフィスが現れた。

ブラインドを下ろした窓に背中を向けて、狛夜は電話に集中していた。

「――そうか」

暗い表情で告げて受話器を下ろす。

溜め息をついて椅子の背もたれに体を預けたところで、ようやく華に気づいた。

「華、どうかしたのかい？」

「テレビでHOZUKIグループのニュースを見たんです。反社団体と繋がりがあるって漆季さんたちの写真が映ってました」

「ああ……。あれを見ちゃったんだね」

狛夜は空笑いして、机に飛び乗った管狐の頭を指先で撫《な》でた。

「退魔師に関する情報を得るために、HOZUKIグループの支社に行ったらしくてね。ちょうど、そこに入る場面を撮られたようだ」

写真では、建物に向かう漆季と金槌坊を、HOZUKIの社員証を下げた社員がわざわざ表まで出て迎えていた。

ここだけ切り取れば、たしかに反社と浅からぬ繋がりがあるように見える。

「たったそれだけで、鬼灯組との関係が報道されるものでしょうか？」

「運が悪かったんだよ。それにしても困ったたな。株価が落ちてるし、提携している企業からもプロジェクトを停止したいと連絡が入った。今はどんな業界もスキャンダルを嫌うからね。ましてや反社会的勢力との取引なんて明るみに出れば、その企業の存続は危うい」

現在、多くの日本企業ではコンプライアンスチェックが行われている。

このチェックは、都道府県の暴力団排除条例に基づいて取引先企業や株主の中に反社会的勢力と関わりが疑われる人物がいないか確かめる。

企業を守るための条例なのだが、違反が明らかになった場合は罰則を受け、さらには悪評がつき、過去にはそのせいで上場廃止した企業も存在していた。

テレビで大々的に報道されたＨＯＺＵＫＩグループは、まさに四面楚歌《しめんそか》。

狛夜がお得意の話術で誤解だと説明しても、どこも聞き入れてくれない。

「ＨＯＺＵＫＩグループは多数の妖怪の働き口になっている。このまま企業として落ちぶれて、倒産する系列会社が出れば彼らは生きていけなくなってしまう。一刻も早く信用を回復しなければいけないんだけど……どうするかな」

何でもそつなくこなす狛夜が悩んでいる。

これがどれだけ深刻な状況かは華にも分かった。

シマのビルが竜胆会側に渡ったことでシノギが減収すると問題になったばかりなのに、ＨＯＺＵＫＩグループまで痛手を受けると組の資金繰りが苦しくなる。

シノギが減れば組は現在の体制を維持できない。

組が小さくなり弱体化すれば最悪存続の危機で、シマの平和も損なわれるだろう。

その時、にわかに表が騒がしくなった。

ダダダッと廊下を走る音がして、部屋に狒狒が駆け込んでくる。

「狛夜仮組長、正門のシャッターに銃弾が撃ち込まれやした」

「なに？」

監視カメラの当番によると、白いバンでやってきた若い男たちが二発撃ち込み、さらに手紙をナイフで刺し止めて行ったという。

「その手紙がこちらです」

狒狒から便箋を受け取った狛夜は、メッセージを読んで眉をひそめた。

「……やはりか」

「なんて書いてあったんですか？」

『ＨＯＺＵＫＩグループの報道を竜胆会のツテで止めてやってもいい。その代わり葛野《くずの》華と直接話をさせろ』だって」

「わたしと……？」

戸惑う華に、狛夜は引きつった顔で言う。

「スキャンダルを手引きしたのは竜胆会だ。華をさらって一気に取り込む気かな。そうはさせないよ」

「でも、わたしが行かなくて大丈夫ですか……？」

「華が気に病むことではないよ。報道に関しては僕一人で対処する。それにしても、華を大蛇にして八岐大蛇《やまたのおろち》にどんな得があるんだろうね」

告げる狛夜の目の奥に、切れた堪忍袋の緒が見えた気がした。

狛夜の対応は迅速だった。

HOZUKIグループと反社との関わりを最初に報道した新聞社を莫大《ばくだい》な資金を投じて買収した。その翌日には、誤報を謝罪する記事が一面に載り、社長が謝罪会見を開いたことでテレビ局も一斉に取り上げた。

誤報はスクープを狙った一記者の暴走という形で片づけられ、ひとまず解決の様相を見せた。

今回は無事に乗り越えられた。

けれど、確実に竜胆会の脅威は大きく、過激になっている。

(また、何もできなかった……)

離れでの暮らしに戻った華は、じくっと右腕が痛むのを感じた。

袖をめくりあげてみると、両胸を覆いつくした痣《あざ》が右腕の肘まで到達している。

蛇に覆われている様子を目にすると、暗く淀《よど》んだ心の奥から、お兄さんと遊んだ頃の自分の声が聞こえてくる。

――あなたが竜胆会に行けば、他のみんなは助かるよ、きっと。

「……言わないで」

身を固くして耐える華に、蛇がニヤリと笑った気がした。

◇◆◇◆◇

紫色の液体で満たされたビーカーに、こぽこぽと気泡が浮く。

モーター音を響かせているのは成分を分離する攪拌機《かくはんき》だ。

鼻の奥を突くような薬品と金木犀《きんもくせい》の匂いを感じつつ、巳緒《みお》は報告した。

「銃撃は成功したんですけどねえ」

薄暗い研究室で白衣を身にまとい、試薬を入れた試験管を一本ずつ揺らしていた鱗は、顔も向けずに言う。

「葛野華はいつこちらに来るんです？」

「残念ながら連絡は来てまへん。向こうが上手《うま》いことやってスキャンダルを収めてしもうたんで、娘を渡す理由がのうなったんですわ。いや〜、さすが九尾《きゅうび》の狐《きつね》や。やりおるわ」

ていたのに……」

「ちっ。痣に生気を吸い取られて落ち込みやすくなっているので、誘い出しやすいと思っ

鬼灯組の賞賛など聞きたくなかった鱗は、巳緒の髪をわしづかみにして力任せに引っぱった。

どす黒いクマのある目で、焦る顔をじっとりと見つめる。

「巳緒。エンコ詰めるのと破門されるの……どちらがいいですか？」

「破門だけは堪忍してください！　鱗様のそばにおられへんくなったら、もう生きてはいけへん！　あんたの強さに惚《ほ》れこんでるんや。指やったら全部あげますから！」

巳緒があまりに必死なので、鱗は急激に興味を失って手を離した。

「気持ち悪いですね」

「すんまへん」

スキャンダルの実行犯でもあった巳緒は、しゅんと肩を下げた。

この蛟《みずち》という妖怪、元は先代会長だった龍神の補佐をしていた。

竜胆会の乗っ取りを企《たくら》んだ鱗は、龍神に近づいて親子の盃《さかずき》をかわした際に毒酒で昏倒《こんとう》させて封印した。鮮やかな手腕を間近で見ていた巳緒は、それで鱗に惚れこんだ。

この圧倒的な卑怯《ひきょう》さがあれば、竜胆会はさらに大きく、他の追随を許さないほどに強

くなると確信したのだ。

会長を救い出そうと鱗に攻撃を仕掛ける仲間を殺し、彼らの首を並べて鱗に「この身が朽ちるまで仕えさせてください」と希《こいねが》った変わり者だ。

頭のねじが一本も残っていない巳緒を、鱗は他の組員よりは気に入っていた。

実験台に寄りかかった鱗は、赤い目を宙に向ける。

「向こうが来ないとなれば、私が行くしかないか……」

葛野華の体に宿した鱗の一部は、まだ上半身しか蹂躙《じゅうりん》できていない。

予想より進度が遅いのは、守護の術や対処法で成長を邪魔されているからだ。

しかし、鱗が華に近づけば直接、蛇の成長を促せる。

「巳緒、行きますよ」

「どこへです？」

「強情な婚約者に、私の方から逢《あ》いに行ってあげます」

鱗は白衣を脱いで研究所を後にする。

慌てて後を追う巳緒が閉じた扉には、河童《かっぱ》のレリーフがきらめいていた。

第四章　魔薬に秘めたる愛憎劇

関東にある鬼灯組《ほおずきぐみ》の屋敷《やしき》は大雪に見舞われることは少ないが、最高気温が一桁のような冷え込む日に備えなければならない。

華《はな》が押し入れから丹前を出した頃、日本庭園の庭木も一斉に冬支度した。

幹に菰《こも》を巻いたり、竹で四方を囲ったりした樹木は、ベージュのコートや帽子で防寒しているようだ。

着物にマフラーを巻いた華は、リードを付けた鬼灯丸《ほおずきまる》に引っ張られながら、白い八重花が咲く山茶花《さざんか》のそばを通り過ぎる。

もう十二月。テレビでは北の方で初雪が降ったニュースが流れたし、豆太郎《まめたろう》が飾ってくれたクリスマスローズのリースが離れに季節感を連れてきてくれた。

（それなのに、少しも現実感がないんだよね）

まるで世界が薄膜一枚張った向こうにあるようだ。

鹿威《ししおど》しの音は古い映画の音声のように歪《ゆが》み、手にリードが食い込む痛みは鈍く、喉の乾燥防止のために舐《な》めている飴玉《あめだま》の味はおぼろげである。

原因は分かっている。体を侵食している痣のせいだ。

上半身を覆いつくされた頃から体力の消耗が激しくなった。

体力が無くなると気力も落ちて、華は以前より落ち込みがちになってしまった。

部屋にこもりきりはよくないため、輪入道《わにゅうどう》に頼んで鬼灯丸の散歩をさせてもらっている。

「ごめんね、鬼灯丸。敷地《しきち》の内側しか連れていってあげられなくて」

「ワン！」

振り向いて元気に鳴いた鬼灯丸は、丸まった尻尾をふり進んでいった。

庭を抜け、鍛錬場の建物を回った先に、鬼灯組専用の駐車場がある。

門で囲われたここには、狛夜《びゃくや》の愛車であるイタリア製の高級車や、入用の際に使う厳《いか》つい顔立ちの大型ミニバン、古めかしいドイツ製の組長専用車など、少しばかり近寄りがたい車が並んでいる。

小心者の華は立ち入るだけで身構えてしまうのだが、緊張する大きな理由は車以外にもあった。

自動車の横に、巨大な生首がはまった牛車《ぎっしゃ》が大量に控えているのだ。

彼らは朧車《おぼろぐるま》という。下っ端の移動手段なのだが、大きな口からべろんと出た舌が華はどうにも苦手だった。

「この辺でいいかな。自由に走っておいで」

朧車から離れたところでリードを外してやると、鬼灯丸は跳ねるように駆け出した。

華は端にあったU字形の柵に尻をのせて休む。

鬼灯丸と朧車は仲がいいらしく、車輪を転がして遊んでやっている。

くるくると回る車輪は、タロットカードの運命の輪のようだ。

回り出したら身をゆだねるよりなく、自分の力では変えられない運命に翻弄される。

進むか、止まるか。幸か、不幸か。

鬼灯組から離れるか、離れないか――。

(わたしと会いたいってことは、鱗《りん》さんの目的はやっぱりわたしなんだよね？)

華がいるから鱗は鬼灯組をも憎んでいる。

ここに留まれば、竜胆会《りんどうかい》は鬼灯組に嫌がらせをし続けるだろう。

水面下でシマを侵略したり、報道機関を使ってスキャンダルを流したりする陰湿なやり方は、これから一層エスカレートしていくに違いない。

鬼灯組はとんだとばっちりである。

本来であれば受けなくていい嫌がらせを、華のせいで受けているのだから。

(どうして鱗さんはわたしに執着しているんだろう)

翠晶《すいしょう》を手に入れるためなら、単なるあやかしの婚姻をすればいい。

そうしなかったということは、目的は別にあるはずだ。

狛夜の言う通り、華を大蛇に変えてどんなメリットがあるというのだろう。

「わたしを取り込むと強くなるんだったら、翠晶を失った後も妖怪に狙われるはずだけど
そんなことはないし……」

「ワン！」

唐突に鬼灯丸が鳴いた。車道に出るシャッターをじっと見つめている。

「どうしたの、鬼灯丸」

「その声はお姉ちゃんだ。あたい、禰々子《ねねこ》よ」

通りの方から話しかけられた。

顔は見えないけれど、つぶらな瞳の可愛《かわい》い河童《かっぱ》が思い浮かぶ声だった。

華は立ち上がり、シャッターの近くに移動する。

「こんにちは、禰々子ちゃん。お買い物？」

「おっかさんに滋養のつくものを食べさせてやりたくて、町向こうの妖怪市場まで行って

きたの。妖怪向けの色んな食材を売ってんのよ」

そんな市場があるとは知らなかった。

華は興味を引かれたけれど、気になるのはその前の言葉だ。

「禰々子ちゃんのお母さん、まだ具合が悪いの？」

夏頃に漆季《しき》と店を訪れた時、禰々子は一人で店に立っていた。

女将《おかみ》である母親は腰を痛めたと聞いていたけれど、あれからもう四カ月も経《た》つ。

心配する華に、禰々子は沈んだ声で教えてくれた。

「腰がなかなか良くならなくてね。医者に見せても湿布貼って寝てるしかないって言うのよ。店はあたいだけで大丈夫だって言ってるのに、無理して出ようとして余計に痛がって困ってんのさ。栄養があるもん食べたら少しはよくなるかなって……」

「そんなことになっていたのね。それ、漆季さんは知ってるの？」

「教えてないよ。これまで漆季さんにはたくさん面倒を見てもらったから、仮組長になったばかりの大切な時に余計な心配をかけたくないしね。組にも変なニュースが流れたりして大変だったろ。あたいたちは大丈夫だから、よろしく伝えてねー」

禰々子は話を切り上げて歩き去ってしまった。

散歩を終えて母屋に戻った華は、奥座敷《ざしき》から出てきた漆季を捕まえた。

「――と言っていたんです。禰々子ちゃん、無理をしているんだと思います」

「俺が巡回を止めたばかりに……」

漆季は自分が悪いみたいに眉をひそめた。

「漆季さんのせいじゃありません。退魔師探しでお忙しいんですからわたしのせいです。まやかし横丁のみかじめ料は、今は誰が徴収しているんですか？」

「持ち回りになってんだ。女将が復帰するまではツケでいいと命じたが、そのせいで気づくのが遅れた」

交代制も一長一短だ。担当する地区が変わる前は皆顔見知りで、異変があればすぐに気づけた。けれど今は、名前と種族を頭に入れるので精いっぱいだろう。

もしも漆季がまやかし横丁に通い続けていれば、長患いに気づいたはずである。

「漆季さん、わたしを禰々子ちゃんのお家《うち》に連れていってくれませんか。お母さんのお見舞いに、精がつく食べ物を持っていきたいんです」

禰々子の家は裕福ではない。禰々子一人でも店を開かないとやっていけない上、漆季の厚意でみかじめ料を後払いにするぐらい困窮している。

優しい禰々子のことだ。母親に栄養のある食材を買うために、自分はお昼を食べずに歩いてきたのではないだろうか。

寒さも厳しくなってきた。よく食べて温かくしないと今度は禰々子が倒れてしまう。

漆季はこくりと頷《うなず》いて、廊下をふわふわと飛んでいくお椀《わん》たちを見つめた。

「厨房《ちゅうぼう》の付喪神に料理をこしらえさせる」

「わたしは離れで荷物をまとめます。狛夜さんが買ってくれた毛布や冬着で使っていないものがあるので、役立ててほしいんです」

「料理ができたら迎えにいく」

漆季と別れた華は、狛夜に外出したいと申し出た。

安全のために屋敷にとどめておきたいが、引きこもりがちになるのも華の精神によくないということで、漆季と一緒なら敷地の外へ出てもいいと許可が下りた。

さっそく禰々子に渡す品物をまとめる。

桐《きり》箱に入っていた毛布や厚みのあるストール、内側が起毛素材になったスエードの手袋を畳み直していると、重箱を風呂敷《ふろしき》で提げた漆季が現れた。

「大荷物だな」

「冬物なのでかさばっちゃうんです。キャリーケースに入れていきますね」

軽いカーボン素材のキャリーは当然のようにハイブランド品だ。

ファスナーを閉めるのが大変なくらい中身を詰め込んだ華は、漆季に連れられて裏通りに出た。

水路に沿って歩いて、歓楽街のメイン通りではなく二本裏の道に入る。日当たりの悪い路地には、長屋を一部屋ずつ建て替えたような木造住宅が並んでいた。

道路に白いチョークで丸を描き、ケンケンパして遊ぶ子どもたちには、獣の耳や水かきがある。ここには貧しい妖怪が寄り集まって暮らしているらしい。

河童母子の家は古びたトタン壁の二階建てだ。

一階はペンキを何度も塗り直してボコボコした層ができていたが、手の届かない二階は塗装が剝げて錆《さ》びついた壁が割れている。あれでは風が吹き込んできて大変だろう。

「禰々子、いるか？」

インターホンがないので引き戸を叩く。

ガラス越しに緑色の影が見えて、すぐに戸は開いた。

「お姉ちゃんと漆季さんじゃない。あたいに用でもあるの？」

顔をのぞかせたのは禰々子だった。漆季は手荷物を軽く持ち上げて見せる。

「女将の見舞いにきた。柔らかい飯をたんとこさえさせたから食え」

「ありがとう、二人とも。どうぞ上がっていってー」

狭い三和土《たたき》で草履を脱ぐ。

玄関はキッチンと続きになっていて、トイレの扉が急な階段の下に見えた。

オレンジや白のビーズでできた暖簾《のれん》を見て、祖母も使っていたなと懐かしくなる。

(なんだか物が少なすぎるような……?)

たとえ二人暮らしでも長く住めば物は増えていくものだ。

女性だったらなおさら、日用品の他に化粧品や衣服、安売りの調味料などが溜《た》まっていてもおかしくないのに、部屋はがらんとしていた。

見回す華に気づいて、爾々子は恥ずかしそうに頭のお皿のリボンを触った。

「古いし狭いでしょ。おっかさんと二人暮らしだからインテリアにも凝らないし、つまんないわよね」

「綺麗《きれい》に暮らしてるなって感心してたの。爾々子ちゃん、お掃除を頑張っているのね」

母親が臥《ふ》せっているので、家事は爾々子がやっているはずだ。

華が褒めると、爾々子は照れ隠しか「たまたまよ」と笑って襖《ふすま》を開けた。

「おっかさん。漆季さんたちが来てくれたよ。料理もこんなにもらっちゃった」

「まぁ……。すみません、こんな格好で」

居間に敷いた布団で寝ていた、爾々子より一回り大きな河童が起き上がった。

長いまつ毛が禰々子とそっくりで、薄い布団をめくる仕草が上品だ。

漆季は「寝たままでいい」と制して、布団の側にあぐらをかく。

「具合はどうだ」

「なかなか良くなりませんの。今日は立てると喜んだら次の日に動けなかったりしてね。やっといい痛み止めに巡り合えたんですが、店に立てるほど回復しないんで情けないですよ。そっちのお嬢さんが噂《うわさ》の鬼灯組のお嫁さんね。はじめまして、幸恵《さちえ》と申します」

「葛野《くずの》華です。禰々子さんに仲良くしていただいています」

畳に手をついて深く頭を下げる華の前に、禰々子がお茶を出した。

「昆布茶《こぶちゃ》しかなくて悪いけど。お姉ちゃんは大荷物だね。こっちに置いとく？」

「ううん。これはお二人のために持ってきたものなの」

華はキャリーケースを開けて中身を広げた。

「厚めの毛布や防寒着です。これから冷えますから使ってください」

「ま、待ってよ。これブランド品じゃない。もらえないよ！」

禰々子に同調して、幸恵も首を振った。

漆季は、押しに弱い華は引くだろうと読んだが、彼女はキッと眉を上げて手袋を禰々子の手に押し付けた。

「使わなきゃだめ。禰々子ちゃん、お母さんに栄養のある物を食べさせるために、家の物を売っちゃったんでしょう。だから、お部屋がこんなに閑散としているんだよね？」

「な、なんでそれを」

「分かるの。わたしも以前はギリギリの状態で暮らしていたから」

貧しい独り暮らしをしていた華の部屋も、たまにがらんとしていた。

私物をリサイクルショップに持ち込んだ後だ。そういう店は春には夏物、夏には秋物、秋には冬物と、次の季節に必要となる物を高く買い取ってくれる。

使わない物を選んで売るが、見通しが甘くて後悔する場合もあった。

暖冬だと思って厚い布団を売ったら、予報外れの大雪に見舞われたのだ。

「お金を作るために、夏くらいから少しずつ家の物を売っていたんじゃない？　冬物を売っちゃって布団も最低限しかないから、風が吹き込んでくる二階じゃなくて居間にお母さんを寝かせているんでしょう？」

言い当てられた禰々子は、お盆を抱えたまま目に涙をためた。

「あ、あたい、おっかさんに元気になってほしくて……。でも店の売り上げじゃあ足りなくて、家の物を少しずつお金に換えてったの。その日暮らしを続けていたら、新しい毛布一つ買えなくなってたのよ……」

つぶらな瞳からぽろっと涙がこぼれる。華は、彼女を両腕で抱きしめた。

「もう大丈夫。鬼灯組が禰々子ちゃんたちの力になるからね」

「お姉ちゃん、ありがとう。本当にありがとう」

ボロボロと泣く娘を見て、幸恵も布団の中で涙した。

「私がこんなになったばっかりに娘に苦労をかけて」

「案ずるな。女将が元気になるまでは薬代も組で出す。どこの処方だ？」

「今使ってるのは置き薬なんですよ。これを飲むと、しばらく痛みがなくなるんです」

幸恵が手を伸ばしたのは半透明の薬箱だった。

抽斗《ひきだし》式の箱の中には、風邪薬やトローチ、消毒液が並ぶ。

幸恵が取り出したのは、銀紙にパッキングされたピンク色の錠剤だった。

漆季が息を詰めるよりも先に、華は幸恵の手を叩《たた》いていた。

「これを飲んじゃ駄目です！」

錠剤シートは畳の上にぽとっと落ちた。

人が変わったように取り乱した華に、幸恵はびっくりしている。

「どうしたんですか？」

「ついこの間、この薬で死人が出たんだ」

「ええっ⁉　この薬、そんな危険なものだったんですか」

幸恵はこれが魔薬だと知らなかったらしい。すっかり怯《おび》えて錠剤を見つめる。

「女将《おかみ》、これをどこで？」

「この地区を新しく担当するっていう販売員さんが勧めてくれたんです。一ヵ月に一度、使った分だけお金を払って補充してもらえるんで便利でね。前は、禰々子にお使いを頼んで薬店まで行ってもらってましたのよ」

魔薬は痛覚を麻痺《まひ》させ、酩酊《めいてい》状態で一時的に気分が良くなる。

しかし、その効果は数時間で消えて、激しい脱力感と疲労感、倦怠《けんたい》感に襲われる。

幸恵が言うように、飲むとしばらく痛みを感じなくなるが、後で襲ってくる疲労感のせいでまた動けなくなり、また魔薬を飲まざるを得なくなる。

繰り返すうちに使う量が増えて中毒者になってしまうのだ。

「薬箱からも鱗の臭いがしてきやがる。販売員は竜胆会の手の奴か」

「騙《だま》して飲ませたんですね。なんて酷《ひど》いことを……！」

華は怒りに震えた。

竜胆会は、魔薬を使用させるために販売員になりすまし、各家庭に配布してシマに蔓延《まんえん》させようとしている。

この調子では、恐らく他にも魔薬と知らずに服用している妖怪がいるはずだ。

「女将、悪いがこの薬はもう使わせられねえ。これは妖怪を惑わす魔薬で、痛みが消えるのは毒で麻痺しているせいだ。穪々子、置き薬屋はどんな風貌だった」

漆季に尋ねられた穪々子は、母親と同じくらい青い顔で答えた。

「人間に化けるのが上手な妖怪だったわ。スーツを着て、黒い大きなトランクを持って、この辺の家を回ってたの。そういえば、おまけで風船をもらったわ」

薬箱の隅に入っていた緑の風船には『八又薬品《はちまた》』と記されていた。

漆季は錠剤と一緒にそれも握ると、落ち込む幸恵に語りかける。

「うちでいい薬を探して持ってこさせる。しばらくは魔薬が欲しくなるかもしれねえが耐えてくれ。シマに広まった分は、俺が責任を持って始末する」

強く宣言する漆季に続いて、華も語りかけた。

「穪々子ちゃん、困ったことがあったらいつでも組を頼ってね。わたしでよければ相談相手になるから」

鬼灯組には警察のように違法薬物を取り締まる権限はない。

けれど、シマの住民を不幸にするモノは暴力を行使してでも排除する。

あやかし極道は品行方正な団体ではないが、弱者を見捨てたりしない。絶対に。

販売員が来たら連絡するように告げて家を出た二人は、その足で周辺の妖怪に聞き込みをして屋敷《やしき》に帰った。

調べにより、不審な販売員はシマのほぼ全域にわたって目撃されていた。

山寺の近くの農村にも現れていたので、恐らく退魔師も訪ねてきた販売員に勧められて魔薬と知らぬまま購入したのだろう。

争った形跡がなかったのは、自ら錠剤を口にしたからだったのだ。

シマを回っていたのは『八又薬品』という置き薬屋だった。活動範囲は関西だが、いつの間にかシマに入り込んでいたようだ。

さらに、妖怪向けの薬で有名な『河童《かっぱ》製薬』から配置薬業務を委託されている会社だというところまで突き止めた。

河童製薬は大阪にある大企業だ。

竜胆会と浅からぬ付き合いがあってもおかしくない。

西まで行って会社に殴りこもうとする漆季を止めたのは、ＨＯＺＵＫＩグループの信用回復に集中していた狛夜だった。

◇◆◇◆◇

巨大なシャンデリアと豪華なクリスマスツリーが共演するロビーには、日本語の他に英語、中国語、韓国語、アラビア語が飛び交う。

二十メートルはある長いカウンターには、フロントやクローク、コンシェルジュサービスを提供するホテルスタッフが上品な身のこなしで働いていて、ソファには経済新聞と珈琲《コーヒー》で時間を潰すサラリーマンの姿があり、地下にある美術館を見てきた老夫婦が満ち足りた顔で喫茶室へ入っていった。

使う言葉も肌の色も年齢もさまざまな人々が利用するここは、都内にある高級ホテル。

庶民は一生のうちに一度でも泊まる機会があるかという格式高い施設だ。

場違いな場所に連れてこられた華は、ロビーの端にあるテーブルで小さくなっていた。

（最近落ち込みがちなせいかな、人前に出るのが辛《つら》い……）

狛夜に渡された水色のパーティードレスは、後ろにかけて長くなるフィッシュテールスカートが今風で可愛《かわい》らしく、リップくらいしか入らないミニショルダーとの相性が良い。

腕を埋め尽くす痣《あざ》は長袖で隠れていた。

上階にある個室で着替え、館内の美容室で髪をセットしてロビーに降りてきた華には、スーツに身を包んだ鬼灯組の組員が引っ付いている。

服装は普通だが、凶暴そうな雰囲気はあきらかに机仕事をしている雰囲気ではなかった。

「――では、そちらは頼んだよ」

ラウンジの入り口から狛夜が出てきた。

白いジャケットを肩にかけ、ドレッシーなベストで装った彼の後ろには漆季もいて、見慣れない姿に華は目を見張った。

漆季は警備員の制服に身を包んでいた。紺色の上下に臙脂《えんじ》色のネクタイを締め、顔が見えないように帽子を深くかぶり、こちらには目もくれずに通り過ぎていく。

「お待たせ、華。とても似合っているよ。天使がいるのかと思った」

「あ、ありがとうございます……。あの、漆季さんは？」

恐縮しながら華は漆季に目をやった。彼は、同じ制服に身を包んだ金槌坊《かなづちぼう》らを引き連れて、正面入り口とは反対側へと歩き去ってしまった。

「河童製薬の社長を捕まえるために、警備員に変装して張り込むんだって。顔に傷のある男がパーティー会場にいては、こっちの目的も果たされないしちょうどいい。今日はＨＯＺＵＫＩグループが反社会的組織とはまったく関わりないと表明する、人間の企業向けのパーティーだからね」

HOZUKIグループの不名誉な記事は誤報ということになったが、狛夜が粛々と否定するだけでは疑いは晴れない。

中には、本当のところは関わりがあるのではと邪推する人間もいるだろう。

そこで狛夜は、あえて華々しく表に出ると決めた。

格式高いホテルの大宴会場を貸し切り、取引に及び腰になった各社の重役たちを豪勢にもてなして、グループは一切ダメージを受けていないと対外的にアピールするのだ。

それだけではなく、罠《わな》も用意した。

鬼灯組のシマに魔薬を流した疑いのある河童製薬の社長を招待しているのである。

漆季の役目は、そちらを逃がさないことだ。

狛夜に腕を回されて二階に上った華は、会場である鳳凰《ほうおう》の間に入って圧倒された。

「すごい……」

サッカーの試合ができそうなくらい広いホールには無数のテーブルが配置されていて、企業名の名札が立っている。テーブルごとにサービススタッフがいるようだ。

料理はビュッフェ形式で、壁際のカウンターに料理が並べられている他、コック帽をかぶったシェフがA5ランクの和牛ステーキを焼いたり、寿司《すし》を握ったりして提供する。バーカウンターも併設されていて、生ビールの他、注文に応じてブランデーやカクテルもその場で作ってくれる。

「ステーキにお寿司まであるんですね。わたし、ビュッフェって中学校の特別給食しか食べたことないです」

「自由に食べていいよ。僕は挨拶回りでそんな暇はなさそうだ」

肩をすくめる狛夜の声に張りがない気がして、華は心配になった。

「狛夜さん、いつになく緊張していますね。大丈夫ですか？」

まさか言い当てられるとは思っていなかった狛夜は、わずかに遅れて微笑《ほほえ》んだ。

「……どうして、華には分かっちゃうのかな」

代表取締役《とりしまりやく》である狛夜は、今回のパーティーのホストであると共に渦中の人でもある。

表立って誹謗《ひぼう》中傷する者はいなくても、ここでの態度や立ち回りで今後のビジネスが上手《うま》くいくかどうかが決まる。

どんな大妖怪だって怖気《おじけ》づきそうになるはずだ。

「わたしに手伝えることはありますか？」

「じゃあ、充電させてもらいたいな」

「スマホのバッテリーは持っていないんです。フロントに言えば、充電器を貸してくれるかもしれません。わたし、行ってきますね」

離れようとする華を、狛夜は背後から包み込むように抱きしめた。

「び、狛夜さん⁉」

「しーっ、静かに。今、華で僕の気力を充電してる」

耳朶《じだ》を撫《な》でる声の柔らかさに、華は赤くなってきゅうっと身を縮めた。

（人前で恥ずかしい……）

ドレスは薄くて、着物を着ている時よりも狛夜を近くに感じる。

浅く繰り返される呼吸も、お腹《なか》に回された腕の弱さも、彼がどれだけの重圧に耐えて今日の日を迎えたかを物語っていた。

これで狛夜が元気になるなら耐えなくてはいけない。

そうはいっても華も女性だ。

恋人にするみたいに甘えられたら嫌でもときめいてしまう。

ドキドキと胸を高鳴らせていたら、くすっと狛夜に笑われた。

「華はすり減っちゃってるみたいだね」

腕を解いた狛夜は、懐から一匹の管狐《くだぎつね》を取り出して渡した。

「僕と離れている間、この子が華のボディガードをしてくれるよ」

「よろしくね、管狐さん」

もっちりと長い尾を持つ小さな管狐はバッグのベルトにぶら下がった。こうしてみるとファーチャームに見えなくもない。

受付時間になり、会場に各企業の重役たちが入ってきた。

狛夜は出入り口付近で彼らを出迎え、開会の挨拶で舞台にあがった。

『本日はHOZUKIグループ主催の懇親パーティーにお越しいただきありがとうございます。まず、先日の報道につきまして代表取締役として謝罪させていただきます。お騒がせして申し訳ございませんでした。事実無根の報道でしたが、大きな混乱なく撤回されたのは、皆様のご厚誼《こうぎ》、ご支援の賜物《たまもの》と深く感謝申し上げます』

スポットライトを浴びる狛夜の立ち姿は堂々としている。

美しい顔には、わずかな沈痛さと強い責任感、決して逃げずに立ち向かう気概が同居していて、見ている者の心を奪った。

さらに、若く実力のある経営者が大きなトラブルを自力で乗り越えようとしているドラマ性が、この場を盛り上げていた。

白面金毛九尾《はくめんこんもうきゅうび》の狐《きつね》らしい圧倒的な人心掌握術だ。

疑いを持って会場にやってきた重役たちが持つ印象は、この挨拶で百八十度変わった。

HOZUKIグループは悪質な捏造《ねつぞう》報道の被害者だと信じ込まされてしまったのである。

（狛夜さんは組の外でも支持されてる）

集団のトップに立つ素質でいうなら、漆季より断然狛夜だろう。

挨拶が終わり会場は一気に活気づいた。

スタッフがサーブする酒が招待客の緊張を解いていく。料理を運ぶのは秘書や側近で、重役たちは座ったまま会話を楽しむ。

狛夜は、テーブルの間を渡り歩き、財界にも繋《つな》がりのある重鎮に励まされていた。

美しい横顔を見つめていたら、管狐のお腹がぐうと鳴った。

「何か食べる？」

尖《とが》った鼻が向いた先には、短い階段でホールと繋がった別室があった。

そちらに並んでいる料理は、四角く切られた苺《いちご》のショートケーキやラズベリータルト、ローズゼリーとチーズムースが層になったクレームダンジュといったお洒落《しゃれ》なスイーツばかり。

デザート類はこちらの部屋にまとめられているようだ。

兎《うさぎ》をテーマにしているようで、ケーキには兎形のチョコプレートが、デザートグラスには長い耳や尻尾の飾りが添えられていて可愛らしい。

「食欲がなかったんだけど、一つくらい食べてみようかな」

華は目についたスイーツを皿に取り、フレーバーアイスティーを作ってもらい、ホール
の後部にあるフラワースタンド側のテーブルについた。

狛夜が華のために用意してくれた席で、招待客から目立たない配置になっている。

管狐を膝にのせて、苺のパンナコッタをスプーンですくって食べさせる。

甘酸っぱそうな顔をされたので、自分でも食べてみると酸味が強かった。

「酸っぱいのが苦手なんだね。少し待っていて。甘いのを持ってきてあげる」

立ち上がった拍子に、後ろに置いていたバッグが床に落ちてしまった。

左手で拾い上げようとしたら、腕にズキンと鋭い痛みが走った。

「っ」

体が強張《こわば》っている間に、通りかかった男性が気づいて拾ってくれる。

「落としましたよ」

「ありがとうございます――っ！」

顔を上げた華の全身から、嫌な汗がぶわっと噴き出した。

ショルダーバッグを差し出している男性は、なんと鱗だった。

ハイネックの黒いトップスに、深緑色のオーバーサイズのスーツを合わせた着こなしは

現代的だ。目の下にどす黒いクマがある以外は、人間とまったく変わらない。

「鱗さん……どうしてここに」

「貴女《あなた》に会いに来たんですよ。今日は、漆季はいないんですね」

辺りを見回した鱗は、予備の椅子を巳緒《みお》に持ってこさせて華のテーブルについた。

牙を剝《む》き出《だ》して威嚇する管狐をあしらいながら、運ばれてきた酒に口をつける。

「うちの申し出を断って、どうするつもりかと思っていたら……。目立ちたがり屋の白面金毛九尾の狐らしいやり方ですね」

平然としているが、鱗は今日のパーティーに招待されていない。

招待状を持たない相手は、鳳凰の間の前で閉め出されるはずである。

正面玄関や受付にいるHOZUKIグループの警備員が監視の目を光らせているし、表には漆季や金槌坊たちがいるのに、どうやって入ってきたのだろう。

いぶかしむ視線に気づいて、鱗は空になったグラスを置く。

「招待状が必要と聞いたので、お持ちのご老人からお借りしました。竜胆会の会長と名乗り出たらあっさり渡してくれましたよ」

鱗が見せた招待状は、アパレルメーカーの社長宛のものだった。当然ながら貸してもらえるはずがない。脅すか眠らせるかして強引に奪ったのだろう。

ドッドッと騒ぐ心臓を両手で押さえる華を、鱗は赤い目を細めて観察した。

「婚約者である私に何を怯《おび》えているのですか」

「これが婚姻痣《あざ》なんかじゃないことは分かっています。騙《だま》されたりしません」

華の痣はあやかしの婚姻の約束ではない。

もっとおぞましい目的のために付けられたものだ。

怯えながらも反意を露《あらわ》にする華を、鱗は飄々《ひょうひょう》とあしらう。

「どうせ一緒になるんですから、私の一部になるのも結婚するのも同じでしょう。それなのに、退魔師になど声をかけて……悪い人ですね」

声に圧が掛かる。それに呼応するように痣が蠢《うごめ》いた。

「ひっ」

思わず悲鳴が漏れてしまった。

火が付いたように動き出した痣は、華の上半身をずるずると這《は》い回《まわ》る。

冷たい蛇が肌をかすめる感触は、体温の低い男の手に撫でられているようだ。

蛇の痣は八岐大蛇《やまたのおろち》のうちの一頭。

目の前にいる鱗に肌をまさぐられていると思うと、全身がざわりと粟立《あわだ》った。

手から力が抜けて、落としたバッグの中身が散らばる。

「やっ、やめてください」

「嫌です。貴女はどうあがいても逃げられないのです。諦めてはいかがですか？」

「わたしなんか取り込んでどうするつもりですか。もう翠晶はないのに」

　すると、鱗の瞳がわずかに揺れた、気がした。

「……翠晶は私の悲願を叶《かな》えるための保険です。なくても貴女さえいれば願いは叶えられるんですよ。葛野家の貴女が鬼灯組に行くことは、以前から見越していました」

「それ、どういうことですか……」

　鱗がテーブルに人差し指をついて、つーっと手前に引く。

　すると、華の胸元で遊んでいた蛇が、おへその辺りまで進んできた。

「んっ」

　下腹部を侵される感覚は、脳が痺《しび》れるような苦痛を華にもたらした。

　我慢できないような痛みはなくとも嫌悪感は強い。振り払っても意味がないと分かっているから余計に泣き出しそうになる。

　正気を保てなくなりそうで目を閉じると、鱗の手が止まった。

「……公衆の面前でそんな顔をしないでください」

「え？」

目を開けた華を、鱗はむっとした表情で睨《にら》む。

「それで鬼灯組の妖怪たちを篭絡したんですね。私にしてみれば都合はいいですが……漆季も騙されたのは気に入らない」

考える時の癖なのか、鱗は親指の爪を噛《か》んだ。

(鱗さんはわたしに執着しているんだと思っていたけど)

どちらかというと、華より鬼灯組や漆季の方を憎んでいるように見えた。

「鱗さんはわたしを大蛇に変えて何がしたいんですか？」

思い切って尋ねたら、鱗の顔から感情が消えた。

「貴女が知る必要はない」

痣は一層盛んに動き出した。激痛で意識がかすむ中、華は必死に考える。

(鱗さんが狙っているのは、わたしじゃない)

華に蛇を取り憑《つ》かせたのは、葛野家の娘として鬼灯組に保護されると見越していたから。

目標は最初から鬼灯組だったということだ。

華ごと屋敷《やしき》に入ってしまえば結界などないも同じなのだから。

華を大切に扱ってくれる狛夜、静かに見守る漆季、庇護《ひご》してくれるご隠居に、強面《こわもて》だが気のいい組員たち。

役立たずの華に居場所を与えてくれた、そのすべてが鱗の標的なのだ。

（わたしが鬼灯組にいることが鱗さんの思惑通りなら、そうはさせない）

狛夜と漆季、どちらが真の組長になるとしても、鬼灯組には平和でいてほしい。

両親や祖母のことは助けられなかったから、せめて彼らだけは生きていてほしい。

たとえ、そこに華がいなくても――。

「わ、たし……」

華は痛みにあえぎながら、呼吸の間を縫うように声を出す。

「わたしが大、蛇になったら、鬼灯組、から、手を引いて、くれますか……？」

「私相手に取引をするつもりですか……いいでしょう。鬼灯組からは、手を引いてあげますよ」

勝ち誇った顔つきで鱗が差し出した手に、華がよろよろと手を伸ばす。

重なる寸前で、華の手を横から伸びてきた手がかすめ取った。

「僕の婚約者に何か？」

手の主は、ビジネススマイルを顔に張り付けた狛夜だった。

肩にはいつの間にかいなくなっていた管狐が乗っている。招かれざる客が来たと知らせに走ってくれたのだろう。

狛夜の姿を見て華は我に返った。体を這っていた蛇の動きも止まる。

激痛から解放されて、安堵《あんど》の息を吐く。

もう少しで、自ら鱗に身を差し出して、大蛇になってしまうところだった。

思わぬ邪魔が入った鱗は、不機嫌さを隠そうともせずに手をだらんと下げた。

「聞き間違いでしょうか。彼女の婚約者は私ですよ」

「理解力に乏しいみたいなのでもう一度言ってあげよう。僕の華に触れるな」

残虐さが垣間見《かいまみ》える声に、華の背筋が冷えた。

周囲を見回すと、狛夜の秘書やHOZUKIグループに所属する妖怪たちが、目を吊《つ》り上《あ》げて鱗を見つめている。

(皆さん、いつの間に)

「ずいぶんなご挨拶ですね」

鱗は壁際に控えていた巳緒を窺《うかが》った。狒狒《ひひ》がジャケット越しに拳銃を突き当てているので、両手を上げたまま動けない様子だ。

「いつから私をマークしていたんですか？」

「会場の外で招待状を奪われた客がいるという一報が届いてからさ。入り口の検問を通過できて油断したようだね」

狛夜は話しながら華の肩を抱き寄せた。

「この状況で、どちらが不利か分からない愚か者ではないだろう。ここには関西に本社がある企業も招いている。竜胆会との黒い繋《つな》がりが噂《うわさ》されているね。会長が騒動を起こせば動かざるを得ず、今度はそちら側が報道の餌食になるがそれでもいいかな？」

　上階で何かがきらりと輝いた。

　華が上を向くと、メンテナンス用の窓が開いていて、巨大なレンズのついたカメラが鱗に向けられていた。

　まんまと罠《わな》にはめられた鱗は、爪が欠けた親指を握り込んだ。

「狐《きつね》め……丸のみにされたいか」

「やってみろ。腹の内側から八つ裂きにしてやる」

　狛夜と鱗は瞳で威圧しあう。

　一触即発の空気が流れる中、鱗の拳からぽたりと血が落ちた。

　落ちた血は、ちょうど真下に落ちていたハンカチに吸い込まれていく。

　白い生地に染みこむ赤い液体は、鉄ではなく酒精のような香りがした。

「貴女たちには本当に腹が立ちます」

　鱗は手のひらについた傷を舌でペロッと舐《な》める。

すると、傷は跡形もなく消えてしまった。

(自力で傷を治すなんて、漆季さんにもできないのに……)

狛夜は、圧倒される華の頭に額を寄せた。

「変な男に絡まれて気持ち悪かったね。僕が来たからもう大丈夫だよ」

「は、はい……」

くっつく二人を横目で睨んだ鱗は、巳緒に向かって広げた手をぎゅっと握る。

「……来なさい」

「ああっ、待ってや鱗様。自分で歩きますって～」

巳緒はロープで引っ張られるように壁を離れ、前傾した姿勢のまま、速足で歩く鱗を追っていった。

呆然《ぼうぜん》としていた華は、二人の姿が見えなくなると急に脱力した。

倒れそうになった体を、狛夜は両腕で抱きとめる。

「ここまで華を怯えさせるとは……あの蛇、よくもやってくれたな」

漏れ聞こえた声ははち切れんばかりの怒気をはらんでいた。腕にこもった力は強く、今は消えている九本の尾が華の足に絡みついてくるようだった。

狛夜の独占欲は重たく、そして安心するものだ。

鬼灯組にどんなに迷惑をかけても狛夜だけは華を手放さないと、心のどこかで分かっていたのかもしれない。

（酷《ひど》いスキャンダルも乗り越えられる狛夜さんが、鱗さんにやられっぱなしでいるはずがないよね）

彼の聡明《そうめい》さと胆力があれば、陰湿な竜胆会とだって渡り合えるし、鱗を文字通り八つ裂きにだってできるはずだ。

『大蛇に変わっても組を守れるならいい』なんて思うこと自体、狛夜を舐めている。

（捨て身になったりしちゃ駄目だ。それこそ、鱗さんの思惑通りだもの）

もう二度と鱗の誘いには乗らないと心に決める華の元へ、受付にいた秘書が焦り顔でやってきた。

耳打ちされた狛夜は冷静さを取り戻す。

「ホテルの裏手にいた漆季が、河童製薬の社長を捕まえたらしい」

「ふぅー。少し遅れてしまったね」

ホテルの裏口に着いたタクシーから、小太りの男性が降り立った。

丸まった背はかなり低く、上部だけつるんと禿《は》げた頭はお皿が載っているようだ。

あんぱんの天辺《てっぺん》に載っているゴマみたいな目をしたこの男性が、河童製薬の社長・甲羅《こうら》皿衛門《さらえもん》である。

新幹線が突然運休になり、急遽《きゅうきょ》捕まえたタクシーを走らせてHOZUKIグループのパーティー会場へ向かったが、交通事故で足止めを食らったり工事のために迂回《うかい》させられたりして、なかなか進まなかった。

同行した秘書も思わぬトラブルに苦笑いしている。

「まるで、誰かが意図的に邪魔しているようでしたね」

「私を邪魔して得がある者がいるものかね。さてと、会場は何階かな？」

招待状を確認する背後に、カツンと靴を鳴らして警備員が立った。

帽子に手を添え、鋭い目で甲羅を見つめるのは漆季だ。

「お前が河童製薬の社長だな」

「なっ、なんだね君は？」

振り向いた甲羅は、物陰から飛び出てきた他の警備員たちにあっという間に囲まれる。

誰も彼もとびきり面相が悪くて恐ろしい者ばかりだ。

冷や汗をかいた広い額を見下ろす漆季の瞳は、深淵《しんえん》のように暗い。

「あんたの会社が作ってる薬について聞きたいことがある。来い」

「ひえええ！」

問答無用で甲羅を拉致した漆季は、従業員が通る裏通路を使って、パーティーの招待客と鉢合わせしないように移動した。

宴会場のあるフロアには着替えや休憩に使える個室があり、それぞれ花の名前が付けられている。受付の脇にある『桜の間』には、簡易テーブルと椅子が配置されていた。

部屋の最奥に甲羅を座らせて、入り口付近で腕を組んで待っていると、程なくして狛夜と華がやってきた。

「遅い」

「主催者は忙しいんだよ。それに、招かれざる客もいたしね」

狛夜に手を回された華の元気がなかったので、漆季も異常に気付いた。

「何があった？」

「……鱗さんが来ていたんです……」

鱗がパーティーに紛れ込んで華に接触したと伝えると、漆季の機嫌は急降下した。

「シケ張《見張》り《り》を術で通ったか。野郎、舐めた真似《まね》しやがって……」

「暴れるのは止めてくれよ。せっかく素直にお帰りいただいたんだから。お前が連れてきたのはあちらの方かい？」

狛夜は、部屋の奥で縮こまっている男性に、和やかに話しかけた。

「お待たせしました。僕はＨＯＺＵＫＩ代表の九尾《ここのお》狛夜と申します。河童製薬の社長である甲羅皿衛門様ですね」

「は、はい」

涙目で頷《うなず》く甲羅に、華は既視感を覚えた。

(どこかで見たことがあるような……)

身近な感じがするのに、どこで会ったのか思い出せない。

悩んでいる間に、甲羅はゆっくりと立ち上がって頭を下げる。

体がブルブルと震えているのが遠目からでも分かった。

「私が河童製薬の社長、甲羅皿衛門で間違いございません。遅刻してすみませんでした。まさか、会場への出入りを止められるほど怒っておられるとは気づきませんで」

「ああ？　遅刻なんぞで怒るか」

漆季は椅子をガッと蹴り上げて赤い瞳を見開いた。

「テメエがうちのシマにクスリ流してんのはわかってんだ。話によってはナキ入れても許さねえぞ……」

「シマ⁉　ということは、君たちはあやかし極道なのかっ」

甲羅がひっくり返った拍子に、ポン！　と変化が解けた。

現れたのは、ぽってりした体にネクタイを締めた河童だ。

背負った甲羅が重くて起き上がれないらしく、短い手足を必死にバタバタさせる。

狛夜と共に手を貸した華は、頭にのっている縁が欠けたお皿を見て既視感の正体に気づいた。

「禰々子ちゃんにそっくり」

「娘をご存じなのですか！」

甲羅は飛び起きて、水かきのある手で華にすがった。

「あの子と幸恵は無事なんですか。竜胆会にガードされていて、無事を確認することができないんです！」

とんでもない話に華は固まった。

狛夜は甲羅を椅子に座らせて、自分も対面する位置に腰かける。

「詳しくお話を聞かせてください。僕らの……鬼灯組のシマで居酒屋をしている河童の親子とはどういったご関係で？」

「私は禰々子の父親なんです――」

若い頃、甲羅はまやかし横丁でホステスをしていた幸恵と恋に落ちて結婚し、禰々子が生まれた。しかし、河童製薬の先代社長であった父親に認められず離婚させられた。

幸恵は、禰々子を自分一人で育てると宣言して店を持ち、甲羅が養育費を送っても受け取らなかった。そのまま現在に至るまで没交渉なのだという。

恐らく幸恵は、女手一つに不安を感じ、用心棒がほしくて鬼灯組を頼ったのだろう。

「――幸恵の店が鬼灯組に世話をされていると知ったのは、だいぶ後のことです。私は、せめてもの償いと思って陰ながら見守ってきましたが、それを竜胆会に知られまして」

「脅されたんですね。大事な二人の命を盾にして」

「はい……」

世界中に詫《わ》びるように、甲羅はお皿を傾けた。

「竜胆会に要求されたのは研究所の提供でした。悪い予感がしましたが、妻子の命がかかっていたので逆らえず、本社とは別にある研究棟の一つを渡したんです。まさか、あんな恐ろしい物を開発するとは……」

「魔薬か」

漆季の呟《つぶや》きに、華は全身の血が引いていくのを感じた。

西で広まる魔薬を製造していたのは竜胆会だったのだ。

竜胆会は、魔薬を作るために製薬会社の研究所を乗っ取った。真っ当な会社で妖怪の違法薬が作られているとは誰も思わないだろう。

配置薬の配達ルートを使って広める手口もそうだが、大胆不敵である。

甲羅の懺悔《ざんげ》は、導火線の短い漆季に火をつけた。

「竜胆会怖さに魔薬の製造に気づいても黙ってただと。ふざけんなよ、テメエ！」

甲羅のネクタイを掴《つか》み上げて、ドスの聞いた声で怒鳴りつける。

「禰々子たちが人質にされてるんなら、さっさとうちに助けを求めりゃよかっただろうが！」

「そんなことできるわけないじゃないか！　だって君たちもあやかし極道なんだろう？　竜胆会と同じ暴力団だ！　相談したって脅し返されるのが関の山だ！」

鬼灯組も同じ穴の狢《むじな》だと言われて、漆季はうろたえた。

ネクタイを離されて床に落ちた甲羅は、短い手でぐすぐすと目をこする。

「極道なんて嫌いだ……。暴力で周りを従わせて、弱い者から財産を吸い上げて、気に食わなければ脅す、陰湿で過激な団体じゃないか。そんな相手を頼って、妻と娘を助けてもらえるとは思えない……」

竜胆会が、関西でどれだけ横暴なふるまいをしているのか、彼の涙が物語っていた。

でも、竜胆会が酷いからといって、すべてのあやかし極道がそうではない。

華は、鬼灯組が曲がったことをしない頼りがいのある連中だと、胸を張って言える。

「甲羅さん、聞いてください。同じあやかし極道でも鬼灯組は竜胆会とは違います。暴力に訴えることも、脅すこともありますが、それはシマの平和とそこで暮らす住民を守るためです」

かつての華も、極道と聞いて真っ先に犯罪集団を思い浮かべた。

暴行や詐欺、密売など何でもありで、人を傷つけることに一切の遠慮がない極悪人だと決めつけていた。

けれど、実際に鬼灯組と関わって印象はがらりと変わった。

「鬼灯組は、日頃からシマを回って住民の妖怪たちと積極的に関わります。問題が起きたら利益がなくたって駆けつけて解決します。怖い風貌の構成員ばかりで誤解されていますが、みんな心の中は温かいんです」

役立たずでも受け入れてくれる。気を遣ってくれる。守ってくれる。

気風のいい彼らに囲まれているから、華はなけなしの勇気を出せるのだ。

「彌々子ちゃんと幸恵さんも鬼灯組を頼っています。彼らが非道な連中でないことは、一緒に暮らしているわたしが保証します」

確かな口調で言い切った華を、甲羅はつぶらな目で見つめる。

「貴女《あなた》は人間ですが、どうしてあやかし極道のところにいるんです？」

「事情があって春からお世話になっているんです。天涯孤独で、無力で、行くあてもないわたしの力になってくれたのは鬼灯組だけでした。ご迷惑をかけている今も追い出さずに面倒を見てくださいます。こんなに頼もしい方々は他にいません」

か弱い人間が全幅の信頼を寄せている。その事実は、甲羅の気持ちを改めさせた。

甲羅はその場に膝を折って深く頭を下げる。

「もう貴方《あなた》たちしか頼れません。どうか魔薬の蔓延《まんえん》を止めてください」

狛夜と漆季は、視線を合わせて頷く。

「お任せください。僕らはそのために貴殿をこちらに召喚したのです」

「テメエにも罪はある。知ってること、洗いざらい吐いてもらうぞ」

「何でも話しますとも」

甲羅が明かしたのは魔薬の衝撃的な成分だった。

河童製薬の研究棟を手に入れた鱗は、自分の血を混ぜた薬を開発させたというのだ。

八岐大蛇の血には、かつて素戔嗚尊《すさのおのみこと》に飲まされた毒酒が今も巡っている。全身を弛緩《しかん》させる強毒を薄めて錠剤に込めたのは、鱗の意趣返しだ。

何も知らずに摂取した妖怪たちを依存させ、やがて魔薬の元締めである竜胆会、ひいてはその会長である鱗に従うように仕向ける。

大河の上流で混じった廃油が下流の広い地帯へと染みわたって土壌を駄目にしてしまうように、魔薬が流された地域は荒廃していった。

困るのは、そこを治めていたあやかし極道だ。

自分たちでは蔓延を止められなくなった頃、まるで計ったかのように竜胆会から救いの手が差し出される。泣きついたらもう鱗の術中である。

竜胆会に下部団体として吸収され、財産も組員もすべて取られ、その後は延々と上納金を搾取される日常が待っている。

「だから魔薬から鱗の臭いがしてやがったのか」

「まるで蛇だね。弱らせた獲物を、時間をかけて頭から足まで呑《の》みこんでしまう」

合点《がてん》がいった漆季は、感じ入る狛夜を「上品に言ってんじゃねぇ」と一蹴した。

「鱗が首謀者だとしても、河童製薬が手引きしてた事実は覆らねぇだろうが」

「おっしゃる通り、私も共犯のようなものです。いざとなれば共倒れになっても告発するつもりで、ひそかに魔薬の構造式を分析していました。八岐大蛇の毒血は、咳止《せきど》めに効果がある生薬の麻黄に似た成分のようです。依存性はけた違いですが……」

八岐大蛇の毒血により服用してすぐ酩酊《めいてい》や麻痺《まひ》が起こる。不安がなくなったり痛みが消えたりするが、その後に食欲が減ったり眠れなくなったりという副作用が現れる。

何より恐ろしいのが依存性だ。慢性的な渇望感により魔薬なしでは生活できなくなり、やがて中毒になって錯乱や幻覚を引き起こす。

「竜胆会の会長の血が必要なため量産は難しいようです。だから今までは西でしか流通していなかったのでしょう」

神妙な表情の甲羅に、漆季がすかさず問いかける。

「成分が分かったなら、魔薬の依存を解く解毒剤も作れるんじゃねえのか？」

解毒剤さえできれば、鬼灯組のシマで魔薬を摑まされた妖怪たちを助けられる。

さらに、魔薬のせいで竜胆会に取り込まれた西のあやかし極道を救い、竜胆会の勢力を削《そ》ぐことだって夢ではない。

期待をかけるが、社長はがっくりとうなだれた。

「それが……肝心の毒血の構成がよく分からないのです。竜胆会の会長の血を手に入れられる機会なんて、なかなかありませんから」

「血があればいいんですか。鱗さんの」

いきなり口を挟まれたので、三人は目を見開いた。

見れば、華は真っ赤な染みが広がったレースのハンカチを握りしめていた。

「華、それは……」

「さっき、鱗さんが怪我《けが》をした時、下に落ちていたハンカチです。染みているのは八岐大蛇の毒血です」

「なんだって！」

飛び上がった甲羅は「それをください」と懇願した。

華は、ハンカチを手渡す条件として、一つだけ告げる。

「お渡しするので、これで解毒剤を作って魔薬が蔓延する地区に配ってください。そうすれば、苦しむ妖怪たちは竜胆会の支配から自由になれます。表立って攻撃を仕掛けては報復合戦になりますが、これだったら誰も傷つきません」

華は抗争を恐れていた。

争いが起きれば誰かが死ぬ。遺《のこ》された者たちにも深い傷を負わせる。

（わたしみたいな思いを、みんなにはさせたくないもの）

鬼灯組も、竜胆会に吸収された他のあやかし極道も、魔薬の依存に苦しむ妖怪たちも、何もかもを鱗が来る前の状態に戻したい。

そのためには、目に見える攻撃は避けるべきだ。

鬼灯組が気づかないうちにシマを侵略されていたように、水面下でやり返すのがここでは得策に思えた。

「そうしたいところですが、薬の開発には莫大《ばくだい》な資金が必要なんです。魔薬の解析のために多額を投入してしまったので、材料を調達するまでに時間がかかるかもしれません」

痛切に明かした甲羅に向けて、狛夜が手を挙げた。

「解毒剤の開発資金は、鬼灯組が都合します」

「よろしいのですか？」

「もちろん。こちらも竜胆会に煮え湯を飲まされた身です。復讐《ふくしゅう》として一枚嚙《か》ませていただきたい」

にこりと笑う狛夜の口元から、鋭い犬歯が覗《のぞ》いた。

華が久しく見ていなかった愉悦の表情に、甲羅は呑まれ気味だ。

「それはありがたいですが、これが復讐になるかどうか」

「なるかじゃねえ、俺らがすんだ」

椅子にドッカと腰を下ろした漆季は、膝の間に両手を下ろして甲羅にガンをつける。

「おい河童。テメエ吐いた唾飲むんじゃねえぞ。とにかく急いで解毒剤を開発しろ。できなけりゃどうなるか分かってんだろうな。ああ？」

「ひいっ！」

甲羅は再びひっくり返りそうになった。

せっかく上手《うま》く話を運べていたというのに……。

狛夜は駆け引き下手な相棒に不満をぶつける。

「やめたまえ。君のせいで鬼灯組の好感度がだだ下がりだよ」

「俺らはあやかし極道だ。威嚇してなんぼだろうが」

「野蛮で嫌になるね。極道って奴は」

そう言いながらも、狛夜はとても愉《たの》しそうだ。

鱗に一泡吹かせられるチャンスを得たのだ。面白くて仕方がないだろう。

狛夜と漆季、甲羅の三人は、顔を突き合わせて解毒剤の流布計画を立てる。

華は部屋の隅に控えながら、しっかりとその光景を目に焼き付けたのだった。

第五章　あやかしの花嫁の奪還

十二月も半ばとなり、関東では初雪が観測された。

日に日に厳しくなる寒さだが、鬼灯組《ほおずきぐみ》の内部は燃え上がっている。

河童《かっぱ》製薬の社長の自白により、魔薬が鱗《りん》によって生み出されて、敵対する鬼灯組のシマに広められていると確定した。

これを聞いた構成員たちは、やり返す好機と見ていつカチコミ《殴り込み》の命が下されるかと期待を膨らませていたのだが。

「カチコミ？　そんなことしないよ」

何言ってるの君たちみたいな顔で狛夜《びゃくや》に否定され、大広間に集まっていた若衆は「えぇーっ」と落胆した。組のためなら命を懸けて鉄砲玉にならんと思っていたのに、出鼻をくじかれてしまったのだ。

自慢の金槌を磨いていた金槌坊《かなづちぼう》は、それは酷《ひど》いと狛夜の足にしがみついた。

「なんでしないんすか。今が絶好のチャンスなのに！　それとも、天下の鬼灯組仮組長が

「離れてくれないかな。怖くないからカチコミしないんだよ。力で勝ち負けが決まるほど単純な問題ではないし、暴力よりも資金力が何より物をいう時代だ。それに、君たちの仕事は別にあるだろう。退魔師は見つかったのかい？」

「え、えーと、退魔師は、その、見つけてはガセ《偽情報》の繰り返しで」

イモ引《怖気づ》いてんすか⁉」

まごまごした言い訳を聞くのはもう何度目だろうか。

漆季《しき》の気苦労も計り知れないが、それ以上に、この手の報告に幻滅しなくなっている自分に狛夜は落胆していた。

痣《あざ》の進度を見ていると、華《はな》が全身を蛇に覆いつくされる日は近い。

広がってきていると伝えられた時、輪入道《わにゅうどう》の言に従って腕を斬り落としておけばよかったとさえ思ってしまう。それが華の望みとは違ってもだ。

自分以外の男に愛する女性を奪われるなんて、九尾《きゅうび》の狐《きつね》が許せるはずがない。

華を八岐大蛇《やまたのおろち》に奪われないための最終手段は、あることにはある。

大蛇に変わる前に華を亡き者にすること。

もしくは、無理やり華と〝あやかしの婚姻〟をして魂と強い縁を持ち、価値ある葛野《くずの》の血の所有者として八岐大蛇に抗《あらが》うこと。

こんな考えしか浮かばない自分も嫌になって、狛夜は嘆息した。

「漆季に従って捜索を続けて。僕も華を助ける方法を考えるよ」

離れの縁側には、シマ中から集められた『八又薬品《はちまた》』の置き薬箱が積み上げられていた。

華は豆太郎《まめたろう》や玉三郎《たまさぶろう》、部屋住みの少年たちと共に、箱から薬のパッケージを取り出して庭に積み上げていく。

「これで全部ね」

できあがった薬の山に擦って火をつけたマッチを投げる。セロハンフィルムは容易に着火し、紙箱を焼いて炎を増して、火が回るまであっという間だった。

魔薬は依存性が高いものなので隠し持っている住民もいるかもしれないが、こうして集めて燃やしてしまえば新たな中毒者は防げる。

寒空に立ち上る煙を見つめていたら、急に甘い匂いがしてきた。

(金木犀《きんもくせい》の香りだ)

白かった煙に黒い筋が入り、すぐに全体が真っ黒になる。煙の量も増した。

タイヤ火災みたいにもくもくと広がった煙は、やがて巨大な蛇の形になった。

「きゃー!」

部屋住みの子らが逃げる中、華は呆然《ぼうぜん》と蛇を見上げる。
「鱗さん……」
キャバクラで華が見た八岐大蛇の姿にそっくりだ。
鱗だと認識したとたん、上半身が締め上げられる感触がした。
肌を覆っている蛇の痣が、華を絞め殺そうとしている。
「華さま、お逃げください！」
唯一その場に残った豆太郎が手を引いてくれるが、華は動けなかった。
肺が圧迫されているせいで息が上手くできない。
あまりに苦しくて、華は痣の蛇をはがすように自分の体に手を這《は》わせる。
うなっている間にも、蛇は煙の体をくねらせて顔を華に近づける。
ニチャアと開いた口は大きい。
このままでは、丸呑《まるの》みにされてしまう――。
「華」
名前を呼ばれてはっとした華は、蛇の上空で刀を振りかぶる漆季を見た。
尖《とが》った角を剝《む》き出《だ》しにした彼は、和服の袖をひらめかせて真下に斬りかかる。
蛇は一刀両断されて、煙は方々へと散った。それに合わせて痣の拘束も緩んだ。

倒れかけた華を豆太郎が支える。

くすぶる灰に背を向けて着地した漆季は、すうっと息を吸って怒鳴った。

「死にてえのか！」

腹から出た声はビリビリと空気を揺らして、辺り一帯に響く。

「魔薬の成分は煙にも溶け出す。人間が一度にあんだけ吸い込めば致死量だ。迂闊《うかつ》に燃やしてんじゃねえ！」

「す、すみませんでした……」

華は体に染みついた癖で土下座した。豆太郎もならって同じ体勢をとる。

それでも怒りは収まらず、漆季は逃げた部屋住みを呼び集めて怒鳴る。

機嫌が悪いのではない。それだけ危険な状況だったのだ。

魔薬は妖怪向けの違法薬なので、人間である華が持っているのが比較的安全だ。

シマから回収した魔薬を保管しておく役目を引き受けたが、いざ離れに集めたら寝る場所がなくなってしまった。

困って狛夜に尋ねてみると、解毒剤の開発には必要ないと言う。

甲羅《こうら》が密《ひそ》かに分析していた魔薬の成分と、華が偶然にも手に入れた鱗の血という手がかりがあるので、錠剤はいくら集めても使い様がなかった。

捨てることもできないので、手っ取り早く燃やして処分しようと思ったのだが。

（失敗しちゃった……）

言葉より手足が先に出る漆季が口頭で怒るなんてよっぽどだ。

落ち込む華が苦しんでいるように見えたのか、漆季は顔色を変えて駆け寄ってきた。

「煙を吸ったのか？」

「違います。その……情けなくて。お世話になっている鬼灯組に恩返ししたいのに、何をやっても失敗ばかりしている気がするんです」

華が意気消沈していたので、漆季は言葉を選んで語り掛けた。

「成功してることだってあるだろ。鱗の血を手に入れたのはお前だ。河童のおっさんが喜んでたのを忘れたのか」

「覚えています。でも、それだけじゃないですか。このままでは鬼灯組が、両親や祖母みたいになっちゃうんじゃないかって不安が、どうしても消えないんです」

華がねだった花火の失火で両親は儚《はかな》くなった。

祖母は癌《がん》で亡くなったが、華を育てるために体調不良でも病院に行かず働いていたせいで発見が遅れた。あと半年見つけるのが早ければという医師の言葉を、華は昨日のことのように思い出せる。

「鱗さんの言いなりにならないと心に決めました。でも、自分のせいで家族が亡くなった過去は消えません。忘れたくても忘れられません。子どもの頃のわたしが言うんです。このままだと、また同じことが起こるって……」

「テメエは、うちの組が素直に殺されてやるヤワだって言いてえのか？」

「！」

華はビクッと肩を跳ねさせた。

漆季は、てぬぐいで鼻を覆った玉三郎と新入りが灰をかき集めるのを目で追う。

「舐《な》めてんじゃねえぞ。鬼灯組が鱗なんかに負けるわけねえだろうが。おい、新入り。箒《ほうき》は小さく動かせ。灰が舞っちまう」

「えっ、えっ、おで……」

馬に似た顔をきょろきょろさせて戸惑う新入りを、玉三郎が助ける。

「漆季仮組長。こいつ馬の足っていう人間を蹴り飛ばす妖怪だぜ。慎重にやる場面で使い物になるわけないって！」

馬の足は申し訳なさそうに俯《うつむ》いてしまった。漆季は「おい、玉《たま》」とたしなめる。

「テメエも驚くと丸くなって使いモンにならねえだろうが。何年部屋住みやってんだ」

「狛夜の兄貴と同期だから何百年だ？　まあいいだろ、部屋住みが合ってるんだし。おいらが若衆の兄貴たちみたいにドス《短刀》隠してシマ見回っても様になんねえ。お前もそう思うよな、華?」

「そう、だね。玉ちゃんには、お屋敷《やしき》で掃除や庭の手入れをしていてほしいな……」

玉三郎がサングラスに柄シャツ、先の尖った靴なんかで通行人を威嚇しながら歩いていても、ちょっとやんちゃそうな子どもだなと微笑《ほほえ》ましく思われて終わりだ。

そういう意味では、玉三郎は目立って組の役には立っていない。

だが当人は、少しも気にしていない様子で新入りの背中を叩《たた》いた。

「おいらは組のために活躍してねえけどさ、新入りは立派な足があんだろ。少しずつ自分にできることを見つけていけば、そのうち立派な極道になれるぜ。自信持てよ!」

「えっ、えっ」

きょどきょどする新入りに、漆季もそっけなく言う。

「どんな妖怪でも組に入りゃ仲間だ。灰をかけなくても追いださねえ。そんな奴らでも食わすために組長がいる。俺は、弱きを助け強きをくじく侠客《きょうかく》になれと、親父《おやじ》から教わった。だから焦るな。お前もだ」

赤い瞳を向けられた華は「わたしもですか?」と驚く。

「でも、わたしは組員ではありません。妖怪でも、ありませんし……」

「人間も妖怪も関係ねえって言ってたのはテメエだろうが」

漆季はそっけなく「お前はもう鬼灯組の一員だ」と言い添える。

「俺らは筋者だ。育ちも素行も悪いろくでなしだが、自分の女は殺してでも手放さねえ。たとえソイツがヤクネタ《疫病神》でもだ。……信じろ」

「漆季さん……」

真摯な視線は、華の心を大きく揺り動かした。

いずれ華は、漆季か狛夜のどちらかを真の組長に選んで、あやかしの婚姻を結ぶ。二人はそれが嫌なら、鱗に唾を付けられていることを理由に華を追い出したっていい。

華を大好きな狛夜とは違い、漆季はそうしたっておかしくないのに。

(役立たずかどうかなんて関係なく、わたしを受け入れてくれるんだ)

何もできなくても、時には一緒に苦しんでも、そばにいてくれる。

心安らかに季節の移り変わりを感じ取れる一つの場所で、共に生きてくれる。

華より先に死んでしまう心配はなく、最期の時まで寄り添ってくれる。

華は、そんな誰かが、居場所が、ずっと欲しかった。

(もう、あったんだ)

気づいた瞬間、じわっと目頭が熱くなった。

憧れていた家族はすでに華の手にあった。

近すぎて見えなかっただけで、ちゃんと手の届く場所で、華が気づく日を待っていてくれた。優しく、温かく、守るように。

嬉《うれ》しさが紙吹雪のように舞い上がり、華は自然と笑顔になっていた。

「……はい。信じます。これから痣《あざ》がどれだけ広がっても、鬼灯組が鱗さんに負けるわけないって信じ続けます」

「おう」

久しぶりに見る華の幸せそうな表情に、漆季がまとう雰囲気も柔らかくなる。

「そろそろ部屋に入れ。夕方の寒さは体に染みる」

「冬至が近くなってきたせいか、すぐに陽が落ちちゃいますね」

灰の片づけが終わったのを見届けて、離れに向かう。

縁側に上がった華は、障子戸を開けて、ふと思い出した。

煙の蛇に呑みこまれそうになった時、名前を呼ばれた気がしたのだ。

「漆季さん、そういえばさっき――」

振り向くが漆季はもういなかった。

部屋に置いていた香袋の沈丁花《じんちょうげ》が切なく薫った。

◇◆◇◆◇

関西でも有数の工場地帯、その端にある分厚いコンクリート造りの豪邸。

監獄を思わせる巨大な塀に囲まれたここには、竜胆会《りんどうかい》の本部事務所と会長の本宅がある。

一見すると個人宅にも見えるが、出入りする黒塗りの高級車や近隣のコンビニに買出しに出る男たちの面相の悪さから、極道が住んでいるという噂《うわさ》が広まっていた。

鱗は、事務所の二階にある総務室の机に腰かけ、手にしたタブレットを見つめる。

「先月と比べて上納金が三割も減っています……。特に四次団体である貴方《あなた》たちは五割減ですよ。兵隊集めて本気でやってこれだと？」

「うちは全力で仕事してます」

立ったまま答えるのは疲れた顔をした半魚人だった。

ズボンの裾から鰭《ひれ》が出ていて、足元に海水溜《だ》まりができている。

「正直言って魔薬でのシノギはもう無理ですよ。知らんうちに解毒剤っていうのが出回って、これまで血眼で買っていた上客も手を引きました。悪いことは言いません。もうクスリから手を引きましょう。開発も製造も経費がかかってんです。オレオレ詐欺でも高額リースでもやって、堅実に稼いだらいいじゃありませんか」

「今、何か言いましたか？」

不穏な雰囲気を感じて、パソコン作業をしていた他の組員たちは固まる。

「聞かれてもいないくせに、口だけは達者なんて救えないですね」

鱗は、短刀を投げて半魚人の鰭に突き刺し、さらに柄を踏みつけて床に縫いとめた。

「ぎゃあああっ！」

「手を引く？ 貴方に選ぶ権利があるとでも？ 私が止めろと言うまではやれよ。親や兄に楽させるために金を集めて納め続けろ。それが舎弟だろ……」

真っ赤な瞳をかっぴらいて迫る鱗に、半魚人は声を荒らげて訴えた。

「お、おれが舎弟になったのは先代会長だ！ 先代を封じて組を乗っ取ったあんたに従うのはもう嫌なんだよ！」

「なら、死ねばいい」

「へ……？」

ぎょっとする半魚人に、鱗はポケットから取り出した魔薬の錠剤を見せる。

「三シート分を一度に飲みこめば妖怪の致死量だ。私がくれてやるんだから飲め。ここで」

床に落として反応を窺《うかが》っていると、巳緒《みお》が壁をすり抜けて現れた。

「鱗様、すんまへん」

「……手短にしてください」

巳緒は、親指の血判のついた和紙を広げた。

「下部団体が三つ、竜胆会から離反すると絶縁状を送ってきてますわ。魔薬のシノギが減ってうま味がのうなった、上納金の額がキツイ竜胆会におっても干上がるばかりと抜かしとります」

本部への上納金に苦しむ下部団体は少なくないが、離反するタイミングが被《かぶ》ったとは考えられない。恐らく鱗に歯向かう機会を窺って裏で協定を結んでいるはずだ。

このまま見過ごせば、他の団体も次々に絶縁状を叩きつけてくるだろう。

脱退した者同士が手を組んで、竜胆会のような巨大組織を作られれば面倒だ。

「絶縁状を送ってきた者は見つけ次第殺しなさい。八岐大蛇に歯向かえばどうなるか思い知らせてやります」

「お前なんか怖くない。こっちには鬼灯組がついてるんだ！」

半魚人の叫びに、鱗はぬるりと振り向いた。

「今、なんて言った？」

「あんたに歯向かう連中には鬼灯組が力を貸してくれてるんだ。河童製薬と組んで解毒剤を開発したのも、魔薬の流通経路を使って苦しむ妖怪を救っているのもすべて鬼灯組の手柄だ！　あんたはもう終わりなんだよっ！」

「……そういうことか」

鱗は、半魚人の髪をわしづかみにすると一回転させた。

首の骨が折れる音が響いて頭が千切れ、鮮やかな血が噴き出す。

惨劇を目撃した組員たちは、口元を押さえながら廊下に逃げていく。

弱く愚かな連中に嫌気がさした。裏切ればこうなると、協力関係にある企業の重役にも教え込んできたつもりだが、河童製薬の社長は忘れてしまったようだ。

愛する妻子を殺されれば、さすがに己の過ちを認めるだろう。

流れ出る血潮にうっとりする巳緒に頭を投げつけて、鱗は窓の鍵を外した。

「私は出かけます」

「どこにです？」

「知り合いの家ですよ」

窓枠を乗り越えて宙に躍り出た鱗は、宵闇に溶けるように姿を隠す。

街を駆けながら思い出すのは、かつての友で、今は鬼灯組にいる鬼夜叉《おにやしゃ》の姿だ。

主を失って衰弱し、沈丁花の樹《き》の下に転がっていた漆季を見て、鱗は手を差し伸べずにいられなかった。

哀れな姿が、素戔嗚尊《すさのおのみこと》に騙《だま》されて退治された自身と重なったのだ。

体に染みついた血の匂いをごまかすために、沈丁花を隠れ場所に選んだ小賢《こざか》しいところも気に入った。

『どこぞの使鬼、貴方の名前は？』

『……な、い』

『名がないと、いつまでも主に縛られ続けて衰弱しますよ。私が新しくつけてあげましょう。黒漆色の髪を持ち、春の花を薫らせる使鬼なので、漆季というのはどうですか』

『し……き……』

朦朧《もうろう》とする頭で鸚鵡返《おうむがえ》しする姿は幼子のようだった。

鱗は、花も盛りの沈丁花を摘んで、赤い布切れに包んでやる。

『これを身に着けなさい』

漆季は手を伸ばし、香袋を受け取って首を傾《かし》げる。

『あんたは、違う匂いがする』

『私は金木犀の方が好きなんです。海の向こうに咲く秋の花で、春の沈丁花とは対になる。

季節が三つ巡ったら、金木犀のある国へ連れて行ってあげましょう』

鱗は漆季を連れ回し、何でも教えてやった。

同じ物を食べ、酒を嗜《たしな》み、時間を共にした。

鱗にとって漆季はそれだけ大切な存在だったのだ。

子どものようであり、友達のようであり、恋人のようだった。

他に代わりのいない唯一。彼も鱗を同じように思ってくれていると信じていた。

「それなのに……」

あの日、鱗は見てしまった。漆季が人に化けて知らない女を助けているところを。

ああ、奪われる――。

絶望と恐怖に体が震えた。

金木犀と沈丁花が同じ季節に咲かないように、一緒に居続けることはできないのか。

個の妖怪として巣立った漆季は、自由に鱗以外の友を、愛する女を作り、自分の居場所を得るだろう。

そんなことは許せない。漆季は自分のモノだ。他の誰にも奪わせたりしない。

鱗は、漆季を殺すことにした。

生きているから盗《と》られるのだ。それならいっそ、己の手で亡き者にした方がいい。

満月の夜に漆季を襲った鱗は、入念に刃を突き立て、毒を流して雪に後を任せた。

鬼灯組にいる最強の鬼夜叉の話を聞いたのは、それからずっと後のこと。

生きていたのか。私の知らない場所でのうのうと。

それなら今度こそ仕留めてやる。

今度は前より苦しめて、絶望の淵《ふち》に立たせてからぱくりと呑《の》みこんでやろう。

そのためには漆季にとって大事なあの娘が、鱗から漆季を奪おうとしている葛野華が、鱗そのものになることが重要なのだ。

◇◆◇◆◇

華が鬼灯組こそ自分にとっての家族だと認識して、最初に感じたのはやる気だった。

追い出されないために役に立とうと一生懸命だった時よりも前向きに、自分の可能性について考えられるようになったのだ。

痣が痛む体では長時間は動けない。

それでも、自分なりにやれることを探そうと思えるのは、それが鬼灯組に報いる一番の方法だと理解したからである。

「チキンの麹《こうじ》漬けは包んでいるアルミホイルごと焼いてね。卵の薄焼きとピーマンは和《あ》え物《もの》にするから細切りにして」

エプロンをつけた華は、鍋や包丁の付喪神たちと協力して昼食を作っていた。

重い鍋を振ったり包丁を細かく扱ったりするのは難しいが、指揮を執るくらいならできる。

完成した料理を大広間に運ぶと、金槌坊たちが沸き立った。

組員たちは、竜胆会に苦しめられている妖怪の力になるため働き通しで、お腹《なか》が空いているのだ。

「ほとんど付喪神さんの作でわたしは味付けくらいですが、お召し上がりください」

華が配膳すると、皆大喜びで食べてくれた。

それだけでなく、余ったおかずを取り合って喧嘩《けんか》になりかけた。

必死になだめていたら、騒ぎに気づいて顔を出した狛夜があ然とする。

「何をしているんだい、華」

「お昼のお手伝いを」

組員が口々に「華が味付けしたらしいっす」「うめー」と褒めてくれたので、華は嬉《うれ》しくって照れた顔をお盆で隠した。

こそこそ笑っていたら、背中に業務用冷凍庫を開いたような冷気を感じた。

嫌な予感に耐えながら首だけで振り向くと、狛夜がラファエロの聖母子画に負けないほど神々しい笑みを浮かべていた。

長く一緒に過ごしてきたので分かる。これはものすごく怒っている時の顔だ。

「手料理を、僕以外の男に食べさせたの？」

「び、狛夜さんの分もあります！」

「みんなと同じでは嫌なんだよ」

狛夜は華のお腹に腕を回して、むくれた顔を頭に載せた。

「優しくするのは僕だけにして。あと、妖怪にモテるって自覚もして」

「モテてはいないと思いますけど……」

圧倒的な無自覚。そこが可愛《かわい》らしくて憎いと、狛夜は思った。

隙だらけで騙しやすそうな人間は妖怪からすると格好の獲物だ。

だが、華の鬼灯組での立ち位置は少し違う。

無力でも一生懸命な華がいると、彼女を守るために周りが自《おの》ずと協力し合う。

大蝦蟇《おおがま》の裏切りが発覚してから流れていた不穏な空気も、そして狛夜派による組内分裂の動きも、華が鬼灯組と共に立ち向かう姿勢を見せてから変わった。

「気に入らないなら愛されていると言い換えようか。僕と漆季も、不安によって統率が崩れかけた組員たちも、君を通して結ばれている。極道の盃《さかずき》みたいにね」

「盃……」

極道にとって盃は、血よりも固い絆《きずな》を結ぶものだ。

（わたしの鬼灯組での役割って、そういうものなのかな）

自分が働きかけたわけではないけれど、役に立っているなら嬉しい。

廊下を通りかかった漆季は、狛夜にまとわりつかれる華を見て、またやってんのかと呆《あき》れた。

「厨房《ちゅうぼう》で鍋たちが音を立ててたぞ」

「忘れてた！　作ったお料理を禰々子《ねねこ》ちゃんのところに持っていこうと思って、準備してもらっていたんです」

幸恵《さちえ》は解毒剤を服用して魔薬の中毒からは脱していた。

けれど腰の調子は芳しくなく、禰々子は一人で看病を続けている。

「わたしが届けに行こうと思うのですが、いいでしょうか？」

「護衛をつけよう。誰か行けるかい？」

狛夜の呼びかけに金槌坊が手をあげた。

「おれが行けるっす」

「頼んだよ、金槌坊。華、中毒者に襲われた時のために解毒剤も持っていくんだよ」

華と金槌坊が厨房に向かっていくのを、狛夜は漆季と見送った。

赤い瞳の鬼夜叉は以前より仮組長らしくなり、何でも一人で遂行しようとする癖も徐々に抜けてきている。

そして、たまに含みのある目で華を見るようになった。それが狛夜は気になる。

「お前、僕が華に抱きついているのを見て何も感じないのかい？」

気になって尋ねると、漆季は気味が悪そうに顔をしかめた。

「また狐《きつね》の野郎がくだらねえ真似《まね》してんな、と思ってる」

「聞いた僕が馬鹿だったよ」

肩をすくめて安堵《あんど》する。

組長レースでは追い上げてきていても、どちらが華を花嫁に迎えるかの勝負では、漆季はようやくスタートラインに立ったところだ。

華を特別に思ってはいるようだが、その気持ちは恋ではない。

だから狛夜の強敵にはなりえない。

今は、まだ。

禰々子の自宅に料理を届けた華は、幸恵の気分転換になればと話に付き合った。

金槌坊はというと、禰々子と一緒に壊れた二階の窓枠を金槌《かなづち》片手に直している。

コンコンと音が聞こえるたびに、寝転んだ幸恵は嬉しそうに微笑《ほほえ》む。

「華さんたちが来てくれて助かりました。娘は修理できないし、工務店に頼むようなお金もなくてね。私が店に出られればいいんですけど……あいたたた」

湯のみに手を伸ばして体をひねってしまい、幸恵は痛そうに腰を押さえた。

華は彼女の体を支えてやり、ゆっくりと布団に横たえる。

「腰の具合、なかなかよくなりませんね。お医者様にはかかりましたか？」

「漆季さんの計らいで二度ほど見てもらいましたよ。でもちょうど湿布を使いつくしてしまったんです」

「それでしたら、わたしが買ってきます」

路地を抜けた先に全国チェーンのドラッグストアがあった。

この辺りの店では住民に合わせて妖怪向けのラインナップが揃《そろ》えられているので、河童にも使える薬があるはずだ。

華が一人で行くと言い出したので、幸恵は心配そうに眉を下げた。

「金槌坊さんを呼んできた方がいいんじゃありませんか？」

「近くですし、買うものも決まってますから平気です。すぐに戻りますね」

もしもの時のためにと渡されてある赤い縮緬《ちりめん》のがま口を持って玄関を出る。

路地へ一歩、二歩と歩き出したら、急に蛇の痣《あざ》が痛んだ。

「っ……！」

立ち止まり、ぎゅっと目をつむって耐える。

痣はズズズッと蠢《うごめ》いて、骨盤の上を通り、太ももを蛇行し、ふくらはぎに巻きついた。

体を侵されていく感覚は、神経に触れた時に感じる疼痛《とうつう》にも似ている。

痛みをまぎらわすために、脳から放出された快楽物質が恍惚《こうこつ》を呼び覚ますので、体の自由がきかなくなるのだ。

ぞくぞくする悪寒に震えていたら、ふいに視界が陰った。

なんだろうと目蓋を開けた瞬間、息が止まるかと思った。

やつれた様子で目の下を真っ黒にした鱗が、すぐそばで華を見下ろしていた。

「り、ん、さん」

「そうか……。甲羅に協力したのは貴女《あなた》だったんですね」

鱗は無表情だった。華に注ぐ赤い瞳だけが爛々《らんらん》と血走っている。

「鬼灯組で漆季に護《まも》られているだけでも腹立たしいのに、私の邪魔までする。さっさとこうしておくんだった……」

がっと左手首を掴《つか》まれて華は動揺した。

（逃げなきゃ）

でも、足が動かない。痣は体を締め上げながら、二つに割れた舌で足首を舐《な》めている。

このまま全身を痣に覆われたら、目の前にいる男の一部になってしまう。

「やれ」

鱗がギンと目を見開いて凄《すご》むと、痣はずるっと足首を回る。

痛みが最高潮に達して、もうなりふり構っていられなかった。

「たすけてっ！」

全身全霊で悲鳴を上げる。と、守護の術が発動した。

オレンジ色の鬼灯《ほおずき》が華の体を包み、鱗の手を弾《はじ》き返《かえ》す。

うずくまった華は、涙の浮かんだ目でキッと鱗を睨《にら》んだ。

「わたしは大蛇にはなりません。鬼灯組と一緒に戦います！」

「この玩具でですか？」

鱗が鬼灯に手を当てる。手のひらから細い蛇の幻影が出てきて、くるくると鬼灯を取り巻き、ガシャンと割ってしまった。

欠片《かけら》の雨を浴びながら華は呆然《ぼうぜん》とした。

「弱さは罪ですね。口でどんなに大事だと言っても守れないのですから」

叫び声を聞きつけて二階の窓が開き、金槌坊が顔を出した。

「あん？　テメエ、華に何してやがる！」

鱗は、華の背中と膝に手を当てて抱き上げ、二階に向かって首をひねった。

「漆季に伝えなさい。大事なモノを奪われる苦しみを感じろと」

足元で起きたつむじ風が砂を巻き上げ、二人の体を見えなくする。

風が止《や》んだ時には跡形もなく消えていた。


守護の術が破られたのと同時刻。

輪入道と対話していた狛夜と漆季は、耳元でガラスが割れる音を聞いた。

急にうなりだした鬼灯丸《ほおずきまる》の背中を輪入道はぽんと叩《たた》く。

「どうした」

「華にかけた守護の術が破られました」

気を逆立てて立ち上がった狛夜に続き、漆季も腰を上げて縁側から空を眺めた。

術のおかげで場所は分かる。鬼灯が割れたのは禰々子の家のそばだ。

「狛《びゃく》、行くぞ」

二人は服をはためかせて庭に飛び降りた。

そこに、金槌坊がリレーのバトンみたいに金槌を振りながら猛然と駆け込んできた。

「仮組長！　蛇野郎が華を攫《さら》っていっちまいましたっ！　奪われる苦しみを感じろ、とかなんとか言ってたっす！」

「「あ？」」

ドスのきいた声が重なった。

華に手を出された事実は、会社のスキャンダルを報道されたり、シマに魔薬を流通させられたりした時の比ではなく、完全に二人の逆鱗《げきりん》に触れた。

漆季に比べると温厚な狛夜の顔にも筋が浮いている。

「僕の華を？」

「あの野郎……」

完全にキレた漆季は、大広間から顔を出した若い衆に怒鳴る。

「竜胆会にカチコミだ！」

「鬼灯組総員で華を取り返しに行こうじゃないか」

組員たちは待ってましたとばかりに雄たけびを上げた。
部屋住みはその支度を手伝い、朧車《おぼろぐるま》は目を覚まして士気を高める。
敵は強大な竜胆会なのに誰一人恐れていない。
華はもはや鬼灯組の一員。
家族のような娘に手を出した相手には、命を落としてでも報いる覚悟があった。
廊下から見守っていた輪入道は、足元の鬼灯丸に呼びかけた。
「留守は儂《わし》が預かろう。ここが正念場だぞ」
「ワン！」
走り寄る鬼灯丸に気づいた漆季は、辞世のつもりで輪入道に頭を下げた。
これから立ち向かうのは因縁の相手。
戦いの果てに命が残っている保証はどこにもない。

◇◆◇◆◇

「おかえりなさいませ」

竜胆会本部の隣にある会長宅で、鱗が巳緒に出迎えられたのは真夜中だった。

巳緒は、抱きかかえられた華を見て、うんざりした顔で眼鏡のつるを押し上げる。

「鱗様がどうしてこないな女に固執するか分からへん。鬼夜叉にやり返すなら、直々に戦えばええのに」

「それでは絶望させられません」

鱗は視線で華の体をたどった。

蛇は足の裏まで蹂躙《じゅうりん》し、残りは首から上だけだ。

「漆季が来るまでに最後の仕上げをします。誰も近づかせないように」

「はいはい。やってらっしゃいませ」

ひらひら手を振る巳緒を玄関に残して、鱗は廊下を進んでいった。

写真もなければ花瓶もない寂しい家だ。

モノトーンで統一された寝台に、華はどさっと落とされる。

「っ！」

「痛いですか？　言っておきますけれど、私はもっと痛いです。貴女に翠晶《すいしょう》を壊されただけでなく、身を切って生み出した魔薬も、集めてきた部下たちも、すべてを失いました」

憤りを滲《にじ》ませて寝台に膝をついた鱗に、華は起き上がって訴える。

「わたしが台無しにしたんじゃありません。鱗さん自身がたくさんの恨みを買ったせいで見放されてしまったんです」

「黙れ」

鱗は、華の首に手を当ててベッドに倒した。沸騰する怒気に呼応して、華の全身に巻きついた痣はずるっと首を上り、頬へと頭を伸ばしてきた。

蠢く蛇への嫌悪感で泣きそうになる。

「こんなの納得できない……。どうして鱗さんはわたしを大蛇に変えたいんですか！」

「貴女が漆季に護られているからですよ」

「漆季さんに……？」

鱗は、首にかけた手を引き剝がそうと抵抗する華の体をまたいだ。

「殺したはずの漆季が生きていて、鬼灯組で活躍していると風の噂《うわさ》で聞いた私は混乱しました。確実に殺したはずなのになぜ、と。今度こそ絶対に仕留めてやると思いましたが、鬼灯組が邪魔だった。そんな時、私の前に貴女が現れたんです」

鱗は、もう一方の手を華の頰に添えて、嬉《うれ》しそうに微笑んだ。

「遠い昔、鬼灯組は葛野の血を守ると誓ったらしいじゃありませんか。それなら、貴女に取り憑《つ》いておけばいずれ鬼灯組の内部に入り込める。安倍晴明《あべのせいめい》に主君を殺された漆季が、今度はその子孫に苦しめられるんです。笑い話でしょう?」

蛇の痣は、頬で三度曲がりくねってこめかみへと進んでいく。

不愉快な感触と耐えがたい激痛に、華の体がビクビクと跳ねる。

(いや、蛇になんてなりたくない……!)

目尻から垂れた涙がシーツに落ちて、ついに華の全身は蛇に覆われた。

しかし——。

「……なぜ、変わらない?」

華の姿に変化はなかった。それだけでなく、痣の動きが止まって、頭からつま先までぽうっと光り輝く。清らかな光は華の内側から漏れ出してくるものだ。

親指の爪をがじがじと噛《か》んで、鱗は考察した。

華は安倍晴明の子孫だ。本流である安倍家には強い異能が、傍流の葛野家は異能に恵まれなかった代わりに、宇迦之御魂大神《うかのみたまのおおかみ》から授かった妖怪の宝物が受け継がれた。

今の華は翠晶を持っていない。けれど、妖怪への耐性があるようだ。

予想外の事態とわずかに薫る沈丁花が、鱗から冷静さを奪っていく。

沈丁花で思い出すのは漆季だ。

離れていても華を護っているというのか。

「貴女《あなた》、本当に不愉快ですね」

鱗は華の頭の横に手をついて体を倒した。華は近づいてくる顔に目を見張る。

「何するの……」

「口づけですよ。私の妖力を体内に送り込んで、貴女を大蛇へと開花させます」

「ひっ」

鱗の目が三日月の形にたわんだのを見て、華は絶望に襲われた。

狛夜の麗しい微笑《ほほえ》みや無口な漆季の横顔が、金槌坊や豆太郎といった賑《にぎ》やかな組員たちの姿が、走馬灯のように脳裏をかすめていく。

願わくは、ずっと彼らと一緒にいたかった。

華は鬼灯組を愛していたのだと思う。

大蛇に変わったら、彼らに与えられた優しさも忘れてしまうのだろうか。

(そんなの嫌)

華は、近づく鱗の顔を両手で押しのけて叫んだ。

「あなたの思い通りにはならないわ！」

ドゴン！　どこかで爆弾が破裂したような音が鳴った。

「鱗様、鬼灯組が総出でカチコミしてきましたわ！」

巳緒が壁をすり抜けて報告しにきたので、鱗は体を起こした。

「漆季だけ来ればいいものを……。迎え撃つよりありませんね」

視線を落とすと、華の帯から鬼灯《ほおずき》形の香袋が覗《のぞ》いている。

沈丁花の香りはここから放たれていたようだ。本当に腹が立つ。

「目の前で貴女を蛇に変えたら、漆季にも私の絶望が分かるでしょう」

刺々《とげとげ》しい憎悪が、華を通して漆季に向けられた。


鬼灯組の屋敷《やしき》から関西まで飛ばした朧車は、敵本陣への切り込み隊長を買って出た。

まず一号車が、地下駐車場への出入り口にある防弾シャッターに突撃していった。

ドゴンと凄《すさ》まじい音が鳴り、鋼鉄製のシャッターに大穴が開く。

上に乗っていた漆季は、黒装束をはためかせて飛び降りた。赤い組紐《くみひも》で刀を背負い、二本の角を生やした恐ろしい鬼夜叉の登場に、隅を走っていた鼠《ねずみ》が泡を吹く。

内部資料によると、敷地《しきち》にかかる結界の要は近くにある。

天井に龍のマークを見つけた漆季は、鬼火《おにび》を飛ばして焼いた。

結界が解けて、ズシンと体にのしかかっていた威圧感がなくなる。

これで他の組員も入れるはずだ。

「ああん？　テメエ、どこの組のもんや」

エレベーターを使って、ガラの悪い竜胆会の構成員たちが現れた。

耳に鰭《ひれ》があったり、プールから上がったばかりのように髪が濡《ぬ》れていたりする、気味の悪い水妖ばかりだ。

拳銃を抜く相手に、漆季は臆することなく走り寄る。

「うるせえ」

黒拵《ごしら》えの日本刀を脇に抱え、抜いた勢いで斬りつける。

噴き出す返り血で羽織《はおり》が汚れたが目もくれなかった。

こんなのは序の口だ。本気の殺し合いは、全身が血でしとどに濡れても止まらない。

足音を忍ばせて別の水妖が死角から飛びかかってきた。しかし、研ぎ澄まされた感覚の前では目で見ているも同じ。体を半回転させて鞘《さや》を叩《たた》きつける。

「ぐはぁっ」

腹に一撃くらった水妖は、見る間に泥へと変わってうずくまった。

ぷわっと漂う淀《よど》んだ水の臭いに、漆季は顔をしかめる。

「泥田坊《どろたぼう》か……クセえ」

ここには竜胆会の本部事務所と会長宅がある。

龍や蛟《みずち》といった水系の妖怪ばかりが所属できる大本山なだけあって、地下にはじっとりした空気が溜《た》まり、風通しも悪く臭いがこもっていた。

「漆季仮組長、加勢します！　いくぞ、ゴラァ！」

金槌坊ら鬼灯組の組員たちが駆け込んできて、さらに増えた水妖たちに殴りかかった。それぞれの武器や素手、そこら辺にある消火器やスコップまで使っての大乱闘だ。

徐々に負傷者が現れて、辺りには血しぶきが飛ぶ。

「派手にやってるね」

少し遅れて現地に到着したのは、幻術で作った金色の雲に乗った狛夜だった。

本性をさらす漆季とは違い、白いジャケットを肩にかけて悠々と座っている。

彼の後ろには、豆太郎ら水干姿の子らが救急箱や担架を手にしてわんさか乗っていた。

「救護は頼んだよ。うちの組員も竜胆会の妖怪も、誰一人死なせるな」

「「はい！」」

とてとてと駆けていく部屋住みたちを見送って、狛夜は雲に乗ったまま門を越えた。

事務所ビルの隣に立った豪邸から、綿菓子のように甘く柔らかな華の気配を感じる。

「そっちか」

懐から白銀色の拳銃を抜き、どろんと白煙を巻き上げる。

白にも金にも見える煌《きら》びやかな髪が夜風に舞い、ハイブランドのスーツは白絹の羽織袴《はかま》へと変わった。大きな狐耳《きつね》と羽織の裾からはみ出した九本の尻尾は、上等な毛皮のようにもふもふしている。

姿は神々しいが、青い瞳は飢えた子どものような貪欲さを秘めていた。

妖狐《ようこ》は欲しい物があると我慢できない。同様に理性を失うのが、所有物を奪われた時だ。奪った相手を地の果てまで追いかけて、執拗《しつよう》にいたぶって殺す。

目を皿のようにして建物を観察すると、二階の窓に人影が映った。

「いた」

雲を蹴って空高く浮かんだ狛夜は、窓に二発連続で撃ち込んだ。

妖力を込めた弾は窓をサッシごと弾《はじ》き飛《と》ばす。

残念ながら人影には当たらなかったようだ。窓の向こうに銃口を向けていると、今の攻撃でヒビの入った壁一面が内側から吹き飛んだ。

「貴方《あなた》は呼んでいませんよ、狐」

表に躍り出てきたのは鱗だった。

地面に着地した彼の腕には、狛夜の想《おも》い人の姿があった。

「華……」

ぐったりと鱗に体を預ける華は、着物から出た指先や頬まで蛇の痣《あざ》に侵されていた。

まさか、大蛇へと変貌しようとしているのか。

嫉妬に駆られた狛夜は、抑えようのない破壊衝動が体の奥から湧き上がるのを感じた。

目はつり上がり、耳や尻尾は逆立ち、爪は刀のように尖《とが》る。

「よくも僕の華を」

「勘違いしないでください。貴方のモノだったことなんてありません」

ズズッと鱗の背後が蠢《うごめ》いて、六頭の大蛇が顔を出した。

服は袖や袴が広がった古代服へと変わり、伸ばした襟足は意思を持ったようにうねうねと動いた。見た者を石に変えてしまうメドゥーサのようだ。

大蛇の一頭一頭は、大人一人くらいなら余裕で呑《の》みこめそうなほど大きい。

木の葉形の鱗《うろこ》はなまめかしく、開けた口の中は地獄を思わせる赤さだ。

これが八岐大蛇。

その残虐性と陰湿さにより、日本神話に名が残っている大妖怪である。

九尾の狐では遠く及ばないが、頭に血が上った狛夜に逃げるという選択肢はない。

「華を返せ！」

鱗本体の眉間めがけて銃を撃つ。

銃声を合図にして、六頭の蛇は一斉に狛夜に飛びかかった。狛夜は空を蹴って避ける。避けた先に別の大蛇が食らいついて、また避ける羽目になる。

銃弾を指で挟んで止めていた鱗は、大蛇に押される妖狐に軽蔑の眼差《まなざ》しを送った。

「仮とはいえこの程度で組長になれるとは。鬼灯組はぬるいですね」

息を吹きかけて弾に幻術を施し、指で弾いて狛夜に向かって投げつける。

大蛇を避けることに集中していた狛夜は、突然飛びついてきた細い蛇に驚いて、体勢を崩した。空気の階段からずるりと足が滑る。

「くっ」

体は重力に従って落下する。真下では、大蛇が口を開いて待ち構えていた。

長い髪が真上に吹きすさび、百八十度に開かれた赤い粘膜が目前に迫る。

食われる――。

「狛！」

大きな口がぱくんと閉じられる寸前で、わき腹を強く蹴られた。

狛夜の体は横に吹き飛び、大蛇は投げつけられた刀で舌を串刺しにされる。

コンクリートが剝き出《むだ》しになった壁にダンと両足をついて止まった狛夜は、しなやかに地面へ降りた漆季にブーイングを飛ばす。

「助け方が雑ではないかな」

「窮地を救ってやっただけありがたいと思え」

くんくんと鼻を動かした漆季は、風に乗って流れてくる金木犀の香りの中に、わずかに混じる沈丁花を嗅ぎ取った。

もしも華が蛇に変わる最中だったら、漆季が守りの祈念を込めた香袋は消し飛んでいるはずだ。それがまだ残っているということは。

「狛、まだ変貌は始まってねえ」

「なんだって？」

真顔になった狛夜は、漆季の隣に並んで鱗を見つめた。

刀に刺された一頭がのたうち回るせいで、他がこちらに狙いを定められない。痛みは本体である鱗にも伝わっているらしく、華を抱く腕に力が入っている。

「今ならまだ華を取り返せるということか」

「来い、鬼灯丸！」

水妖の足に噛《か》みついてブンブン振り回されていた鬼灯丸は、漆季の呼び声に応えて駆けてきた。後ろ足で芝を蹴るうちに体が光りはじめ、漆季の手元にたどり着いた時には、拳が十個分ほどの長さがある剣になっていた。

漆季はそれを手に取って、剣士のように胸の前に立てた。

鱗は、漆季の手にある剣を見てカタカタと震え始める。

「貴方、それをどこで手に入れたんです」

「俺が組に来た時にはとうにあった。こいつは十拳剣《とつかのつるぎ》という神剣だ」

華は朦朧《もうろう》とする意識の中で思う。

(鬼灯丸は、神剣だったんだ……)

長い間、壊れずに使われ続けた器物が付喪神になるのなら、神話の時代から現存する神剣だって妖怪に転じてもおかしくない。

「いくぞ」

漆季は、剣を両手で構える。

全身からほとばしる妖気を刃にまとわせ、真正面から鱗に斬りかかった。

大蛇が横から食らいつこうとしたので、剣を水平にして口端《くちのは》に当てる。切れ味のいい剣は、紙を切り裂くようにたやすく長い体を二枚下ろしにした。

「つぅ……このっ！」

鱗は体をひねり、残りの四頭をけしかけた。

大蛇が上下左右から猛烈な速度で漆季にかぶりつく。ガチンと口が閉じられる瞬間、漆季は剣を真上に投げた。

「やれ」

剣を摑《つか》んだのは、雲に乗って上空にいた狛夜だった。

漆季の派手な立ち回りに隠れて、鱗の頭上に回り込んでいたのだ。

「汚れ役は嫌いなんだけど——ね！」

雲から身を投げた狛夜は、落下地点を鱗の頭頂部に定めた。

牙に毒のある蛇は、頭を串刺しにして地面に縫い留めてしまうのがいい。

だが、鱗も黙って待ってはいなかった。

漆季に互い違いに食らいついていた四頭を、ハンマーのように振り回して自身を守る。

狛夜の重みで加速した剣はずぶりと一頭目の額を貫通して、二頭目のこめかみ、三頭目の鼻、四頭目の上顎まで貫いた。

激痛にもんどりうった四頭は、解《ほつ》れざまに狛夜を吹き飛ばし、漆季を吐き出して地面に伸びる。

満身創痍《そうい》で倒れた二人は、傷を手で押さえて立ち上がる。髪は乱れ、着物が破れて、足を引きずりながらも、瞳に宿した闘争心は衰えていなかった。

ギラギラした赤い目で射すくめられて、鱗の憎悪がチリッと焦げる。

「貴方……私のことは裏切っておいて、よくも仲間なんか作れましたね」

「なんのことだ」

見当もつかない漆季に、鱗は声を荒らげる。

「忘れもしない千年前、貴方は村人が鉄砲水で困っていると聞いて、上流で水を操っていた滝霊王《たきれいおう》を退治した！　私を退治した素戔嗚尊のように、人間の味方になった!!」

鱗は懐いてきた漆季を、唯一の友だと思っていた。

花を愛《め》で、月を見上げ、これからもずっと二人でいられると信じていた。

しかし、漆季は期待を裏切って人間の味方になった。

生まれが陰陽師《おんみょうじ》の使鬼である彼は、いくら鱗と共に悪ぶっていても妖怪にはなりきれない。困っている人間を見たら、助けたいと思う純真な心を捨てられないのだ。

なんて恐ろしい。

いつか素戔嗚尊のように十拳剣を握り、命を狙ってくるかもしれないではないか。

そして鱗を殺した漆季は、何事もなかったかのように新しい友や居場所を得るだろう。

他の誰かと幸せになる漆季を思い浮かべたら、鱗の胸は引き裂かれた。

「信じた友に寝首をかかれる悲しみを想像するだけで、私は死んでしまいそうでした。だから殺すと決めたんです」

眠っていた漆季の全身をめった刺しにして、潰した目に毒血を注《そそ》ぎ込み、雪の降る原に捨てた。息絶える瞬間は見たくなかったから背を向けて去った。

話を聞いた漆季は、「そんなことで」と口走る。

「人助けは偶然だ。あの頃は、お前がどんな風に退治されたかなんて知らなかった！」

「知らなかったのではありません。私に興味がなかったんですよ。私は、貴方《あなた》の主が安倍晴明に殺されたことも、一人生き残って荒れ果てていたことも知っていたのに」

漆季は、自ら考えることは不得意だったが、鱗が話しかけると受け答えはできた。頼みに応えたりもしたし、花や酒も好きそうだった。

けれど、鱗に興味を持ってはくれなかった。どれだけ近くにいても漆季と鱗の間には流れる川のような隔たりがあり、悪友としてつるんでいても距離は縮まらない。

それでもいいと、鱗は漆季を見つめ続けた。関わり続けた。

本当は与えた分と同じだけ、鱗を愛してほしかった。

「貴方は私を信頼してくれなかった。殺そうとした理由はそれだけです」

原因が自分にあったと知って、漆季もさすがにうなだれた。

「すまない」

「謝って済むと思いましたか。私の積年の恨みは、もう止まれないところまで来ているのに」

鱗は、華の頭に頬を寄せて、意趣返しとばかりに笑った。

「貴方にとって葛野華は雛鳥《ひなどり》のような存在ですね。蛇を通して、貴方がこの娘を見守っているのを感じました」

華に向けられる漆季の視線は少しずつ柔らかくなっていった。

その顔は人助けをしたあの日の彼にそっくりで、鱗の憎悪を燃え上がらせた。

でも、復讐《ふくしゅう》にはまだ早い。

漆季に、鱗が感じたのと同じ大事なモノを奪われる苦しみを与えるには、もっともっと華に執着してもらわなくては。

鱗はじっくりと漆季が華に堕《お》ちるのを待っていた。

そしてあの日、ぼろぼろ泣く華を漆季が抱きしめた瞬間、鱗は高揚した。

時は満ちた。

大蛇へと変えるために、婚約者に会いに行くとしよう。

「この子が奪われれば、貴方にも少しは私の苦しみが分かるでしょう。鬼灯組に入り込むために葛野の娘に取り憑《つ》いたのですが、貴方が篭絡されてよかった」

「お前、俺を殺すためだけに、華に自分の一部を巣くわせたのか……」

驚愕《きょうがく》する漆季の顔は、鱗が今まで見てきた彼の表情の中で一番笑えた。

使鬼だった頃と何も変わっていない。

愚直で無知で、考えるより感じる子だ。そのせいでたくさん傷ついてきただろうに、蛇のように脱皮して生まれ変われない、哀れで可愛《かわい》い子だ。

「私の漆季。そこでよく見ていなさい。お前の大事なモノが奪われる様を」

鱗は華の頰に手を当てた。口づけして、強制的に大蛇へ変える気だ。

「華を放せ！」

狛夜の叫びで、地面に伸びていた大蛇がむくっと頭をもたげた。砲弾のように狛夜に襲いかかり、漆季は華を気にしながらもそちらに加勢するよりない。

(自分でなんとかしなきゃ)

華は、帯に挟んでいた香袋を引き抜き、唇全体に押し当てて手で覆った。

紐《ひも》が緩んで中身が口に入ったが、大蛇になるよりずっとマシだ。

「無駄な抵抗ですよ」

鱗は力ずくで華の手を下げさせた。

香袋ははらりと落ちて、乾いた沈丁花の花びらをそこら中にまき散らす。

今にも気絶しそうな華の表情はトロンととろけていた。

花びらがくっついた赤い唇はわずかに開いて、まるで鱗を誘っているようだ。

「大蛇になったら、上手に漆季を食べてくださいね」

鱗は噛みつくように華と唇を触れ合わせた。

（あ……）

華はぼんやりした意識の端で、これが生まれて初めてのキスだと思い出した。

純情を奪われて切なくなったが、抵抗するにも体が動かない。

心だけは絶対に明け渡さないと念じて、そっと目を閉じる。

柔らかな感触を楽しむ暇もなく、鱗は割れた舌を内側へ伸ばす。

華の口腔《こうこう》内は花びらで満たされていた。

乾いた口当たりと、漆季と同じ匂いが不愉快極まりないが、もう少しで積年の願いが叶《かな》う喜びが嫌な気持ちを吹き飛ばす。

ありったけの妖力を流し込もうとしたが――舌に触れた固い感触に、鱗の動きはぴたりと止まった。

大蛇をすべて倒した狛夜と漆季は、華の口に鱗が食らいついているのを見て衝撃を受けた。

「華が、八岐大蛇に変わってしまう」

「いや、まだだ」

地面に落ちた香袋は弾《はじ》き飛《と》んでいない。

静止していた鱗は、ぱっと唇を離すと信じられない表情で口元を押さえた。

「口の中の、それは」

「これは……魔薬の、解毒剤です」

華はゆっくり口を開いて、残った錠剤を手のひらに吐き出した。

中毒者に襲われた時のため、香袋に入れて持ち歩いていたのだ。

解毒剤には、八岐大蛇の毒血を分解する成分がたっぷり配合されている。

当の毒血の持ち主が摂取すれば、それは毒と変わらない。

華が大蛇に変わるか、それとも鱗が先に錠剤に触れるかは賭けだった。

鱗は「がはっ」と血を吐いてよろめいた。その拍子に腕が解けて華は倒れる。

「華！」

抱き起こした狛夜は、蛇の痣《あざ》に侵された額に頬を寄せた。

「君が君のままでいてくれてよかった……」

大蛇に変貌してしまったら、生きて取り返すことはできなかっただろう。

華の安全を確認した漆季は、地面に横倒しになった鱗に歩み寄る。

ゼエゼエと荒い呼吸を繰り返すうちに、大蛇は穴のあいた風船のように縮み、保ってい
た人間の姿も蛇へと戻っていく。
どんどん小さくなっていく鱗に、漆季は同情を禁じ得ない。
かつての鱗は、もっと強大で恐ろしかった。
昔に比べて弱かったのは、八岐大蛇の一頭を華の体に取り憑かせたからだろう。
「お前の目的は、本当に俺を殺すことだったのか？」
いくら華が葛野の人間とはいえ、鬼灯組に保護されるかどうかは分からない。華の祖母
や両親がそうだったように、あやかし極道と関わらずに生きていた可能性が高かった。
気の長い願いを託したのは、漆季を残虐に殺すためではなく、別の理由があったように
思う。
鱗は寂しかったのではないか。
沈丁花の根元に倒れていた名もなき使鬼を拾った時のように、孤独な華を見つけて手を
差し出さずにいられなかったのではないか。
かつて鱗から受けた施しを思い起こせば起こすほど、そうだとしか考えられない。
「鱗。起きろ」
漆季は、両手に抱えられるほどの大きさになった七頭の蛇に呼びかけた。

「お前がこうなったのは俺のせいなんだろ。だったら俺だけ憎め。華は解放してやれ」

「い、やだ」

血色の涙を流しながら、鱗は小さく抵抗した。

「いっそ、ころして」

当人が言うなら仕方ない。瀕死《ひんし》にされた苦しみは漆季も十分に経験している。

漆季は、十拳剣を持ち上げて鱗を一思いに貫こうとした。

「殺さないでください！」

叫んだ華は狛夜の手を離れ、ふらふらした動きで膝をついて、鱗を両手で抱きかかえた。

傷ついた七頭の蛇は、我が子を見るような目を華に向ける。

「鱗さんには酷《ひど》いことをたくさんされたけれど、ちゃんと生きて罪を償ってほしい。漆季さんにも、友達だった鱗さんの命を奪ってほしくないです。殺さないでください……」

奪い奪われる悲しみを思って、華はぽろぽろ泣いた。

落ちてきた涙が傷に染みて、鱗は、ああと思った。

この娘はかつての漆季みたいだ。

悪事に染まりきった鱗をそのまま受け入れてくれる。

彼女を取り込めたら、身のうちに溜《た》まった焦燥や憎悪は薄らいだことだろう。

自分に懐いていた漆季のことも、本当は食らいつくしてしまいたかった。
しかし、瀕死で横たわる彼を前にしても、それはできなかった。
鱗は、大切な友に、最後まで友のままでいてほしかったのだ。
愛おしいからこそ、寂しいからこそ、漆季自身の意志で鱗を必要としてほしい。
──他の誰も見ないで、私だけを見つめ続けて。
そう言えたら何か変わっただろうか。
二つに割れた舌で、華の頬を伝う涙をぺろりと舐《な》める。
「戻ってきなさい」
呼びかけると、華の全身を覆っていた痣はするすると体長を縮めた。
最初にあった左手首に戻り、肌を離れて袖からにょろっと顔を出す。
元の体にぐるぐる巻きつくうちに、鱗は八頭の蛇に戻っていた。
華の肌は、初めから痣なんてなかったように綺麗《きれい》になっている。
「鱗さん……」
びっくりして華の涙が止まった。
鱗は、尾を使って懐に抱いていた盃《さかずき》を差し出した。
「これに先代を封じてあります。竜胆会のことは任せますよ、漆季」

「お前の罪だ。俺がやる」

受け取った盃を胸に当てる漆季を見て、鱗の表情が安らぐ。

「私は、少し疲れました……」

目を閉じて意識を手放す。

閉じられない耳から「鱗」「鱗さん」と呼ぶ声がする。

裏切られる不安から解放された心は、驚くほど穏やかだった。


「──鱗様」

荒れ果てた駐車場で、豆太郎から怪我《けが》の手当てを受けていた巳緒は顔を上げた。

遠くに感じていた鱗の気配が完全に消えたのだ。

鬼灯組の仮組長は二人、鱗は大蛇を含めて七頭である。

負けるはずがないと高をくくって構成員同士の衝突に加わったのだが、体が動かなくなる前に加勢に行くべきだった。

「鱗様……どうしてあんな鬼にこだわったんや」

ひしゃげた眼鏡を外して、涙がこぼれる目を拭う。

横に並んでいた金槌坊は、先ほどまで殺し合いをしていた相手にもかかわらず心配した。

「どうした。悩みなら聞くぜ」

「はぁ？ 悩みなんかあらへんわ。これから忙しくて寝られへんようになるのを憂いとっただけや」

強がって笑ったが、華とは違いこちらの涙は止まらなかった。

終章

漆季《しき》と狛夜《びゃくや》、そして華《はな》が鱗《りん》を退治したことで、竜胆会《りんどうかい》との衝突は止《や》んだ。

戦いで傷ついた妖怪は、敵も味方も関係なく鬼灯組《ほおずきぐみ》による手当てを受けた。

負傷者六十数名、逃亡者四名、死者はゼロである。

鱗を倒した鬼灯組が関西へと手を広げるのではという憶測が広まったが、それを払拭したのが、漆季が託された盃に封じられていた先代会長だった。


年の瀬も迫る十二月下旬。

二十八宿では鬼宿日という、嫁入り以外は万事が吉となる大祝日に、鬼灯組の屋敷《やしき》に何台もの高級車が乗りつけた。

鬼灯組の若衆は黒いスーツで決め、幹部らは鬼灯《ほおずき》の代紋を入れた黒紋付を身に着け、紅白幕を張った大広間に、廊下側を向いて座っていた。

対する廊下側には、同じように正装で畏まった巳緒《みお》や竜胆会の幹部らが鬼灯組の組員の方を向いて鎮座しており、中央には真っ白いさらしが敷かれている。

代紋が掲げられた床の間には、右から『八幡大菩薩《はちまんだいぼさつ》』『天照大御神《あまてらすおおみかみ》』『宇迦之御魂大神《うかのみたまのおおかみ》』の掛け軸が掛けられている。

これらは大昔、鬼灯組が起こった時に加護を与えた神々の名前だ。

榊《さかき》と巨大な蠟燭《ろうそく》が飾られた祭壇には、奉書の付いた御神酒《おみき》や献納物の餅、果物が高坏《たかつき》に山と載せられている。三宝に載った徳利《とっくり》一対、盃三つ、盛り塩三山《みつやま》、一対の向鯛《むこうだい》は、これからの儀式で使うものだ。

妖怪の本性を現した狛夜と漆季が鬼灯組側の上座に、そして竜胆会側には頭から古木のような角と水色の鱗《うろこ》のある尾を伸ばした、白髭《しらひげ》の賢人が座っていた。

（あの方が、竜胆会の龍神様……）

華は、鬼灯組側の下座の端も端。後ろの襖《ふすま》の脇に鬼灯丸《ほおずきまる》と共に座っていた。

先代会長だった龍神は、漆季の手で無事に盃から解き放たれた。

内部がごたつく竜胆会をわずか数週間でまとめあげた手腕は、さすが歴戦の強者。

迷惑をかけた鬼灯組へも詫《わ》びを入れ、ぜひにとの請願を寄こして和平の盃を交わすことになったのだ。

下座にいる口上媒酌役は、龍神と顔馴染《かおなじ》みである輪入道《わにゅうどう》。

介添え役は、白い水干衣装を身にまとった豆太郎《まめたろう》と玉三郎《たまさぶろう》である。

輪入道は、敷かれたさらしに両手をつき、拝礼の姿勢になった。

「御列席御一同様に申し上げます。本日はお日柄もよろしく、関東鬼灯組、関西竜胆会、結縁《けちえん》盃の儀式を執り行いますこと誠におめでたく、大慶の至りにございます。盃事の流儀流派は多々あるやに聞き及んでおりますが、わたくし習い覚えましたる鬼灯組流儀をもって、執り行わせていただきます」

豆太郎と玉三郎が祭壇から徳利や向鯛などを下座に運び、輪入道が三つの盃を拭き、懐紙を口に挟んで御神酒を注ぐ。

盃の酒は、鯛に刺し三山の塩につけた箸を触れさせて、一つずつ清められた。

まずは祭壇に一つ。

残りの二つはそれぞれの組長の元へ運ばれる。

仮組長として二人で立つ狛夜と漆季は、一つの盃に順番に口をつける。

相対する龍神も三分の二ほど残して飲んだ。

次に、双方の盃を交換して酒を飲みほし、懐紙に包む。

「これにて結縁は結ばれました。ご列席御一同様におかれましては、天下泰平の続く限り双方を心に刻み、任侠《にんきょう》道に邁進《まいしん》されますよう」

最後に手締めをして儀式は終了した。

厳かな儀式を終えて、狛夜と漆季もほっとした表情だ。

立派な振る舞いは遠くにいた華にもよく見えた。

（二人とも、どんどん組長らしくなっていくなぁ）

竜胆会へのカチコミで結束力を強めた組員たちは、二名体制を受け入れる風向きへと変わり始めた。特に、漆季への嘲りは格段に少なくなった。

立派になっていく鬼夜叉《おにやしゃ》の存在は、華に新たな悩みを抱かせた。

狛夜と漆季、どちらを真の組長に選ぶべきか、だ。

しかも、選んだ方の花嫁になるという条件付きである。

妖怪と人間の夫婦がどうなるのか、華にはまだ想像ができない。

あやかしの婚姻は、片方が死んでしまったら残された方は喪失感により衰弱し、最悪の場合は死んでしまう恐ろしい繋《つな》がりだ。

そんな目に遭ってまで結婚したい気持ちがよく分からない。

ちらりと上座を見たら、狛夜が気づいて指でハートを作ってくれた。しきりに華を独占したがる彼は、先々のことを考えて華に求愛しているのだろうか。

考えていたら、大役を終えた豆太郎と玉三郎に腕を引かれた。

「華さま、これから宴《うたげ》なので着替えさせるようにと、狛夜の兄貴がおっしゃってます」

「今日のために新しい振袖を誂《あつら》えさせたって言ってたぜ」

「ええっ！　また？」

今着ている紋付の色留袖もかなり上等な品だ。

桜色の地に染め抜かれた鬼灯組の代紋には、値段以上の価値がある。

もう十分なのに、狛夜がぽんぽん貢いでくるものだから、簞笥《たんす》には新品の服がぎっしり詰まっていた。

「今度、狛夜さんに和服も洋服ももういっぱいありますって伝えなくちゃ。あ、離れに入る時は静かにね。まだ寝ているから」

離れへの廊下を進む二人に、華はしーっと人差し指を立てた。

静かに障子を開けると、隅に置いた兎《うさぎ》形のクッションの上で八岐大蛇《やまたのおろち》が丸まっていた。

あの日以来、眠り続けているのである。

蛇が天敵の豆太郎は、鱗と距離を取りつつ和簞笥に近づく。

「どうして華さまがお世話をしなければならないんですか。相手は竜胆会を乗っ取って、鬼灯組に酷いことをした極悪妖怪なんですよ」

「そうそう。こんな妖怪、蔵の座敷牢《ざしきろう》にでも入れときゃいいのに」

むくれる玉三郎に華は微笑《ほほえ》む。

「人も妖怪も居場所がないと立ち上がれないと思うの。わたしには鬼灯組がいてくれるけれど、鱗さんはもう竜胆会にいられないもの」

鱗が目覚めるまでは何年かかるか分からない。

けれど、待ちたいと華は思った。

幼い頃、一人ぼっちだった自分と遊んでくれた鱗のおかげで、たしかに華は救われたのだから。


「宴の支度が整うまで、こちらでお待ちを」

上座敷《ざしき》に龍神を通した狛夜と漆季はどっと疲れた。

竜胆会の先代は神格を持った、いわば格上のあやかしだ。

若輩者の狛夜と漆季は、いつ相手の迫力に呑《の》まれるかとずっと気を張っていた。

輪入道の口添えで本格的な儀式が組まれなければ、鬼灯組は新生の竜胆会に舐められていただろう。

宴会場である大広間に顔を出すが、華はいなかった。

「離れに戻っちゃったのかな。僕が贈った振袖、気に入るといいけれど」

「何でも似合う華が悪いんだよ。まあ、こんなアプローチはお前には五百年経《た》ったって無理だろうけれど、邪魔だけはしないでくれるかな。陰湿な蛇仕込みの嫌がらせをされたらたまらない」

「また買ったのか」

いつもの調子で罵倒したら、漆季は黙ってしまった。

狛夜はおやと思う。

一時より調子が戻ってきたと思ったが、まだネガティブモードなのだろうか。

様子を窺《うかが》っていると、狒狒《ひひ》が近寄ってきて紙の束を見せた。

「すんません、狛夜仮組長。先んじて決めた席次ですが、儀式ん時の序列とちょっくら違ってまして。相談役や若頭補佐は、本当に妖力順でいいんでしょうか」

「それは竜胆会側に確認を取った方がいいな。僕の名前で向こうの世話役を呼び出してくれ。詫びを入れて協力してもらおう」

狛夜はテキパキと指示を飛ばす。

上に立つ者としての実力をまざまざと見せつけられて、漆季は拳を握った。

自分が狛夜に遠く及ばないのは承知のうちだ。

軟派なところはいけ好かない。戦闘のやり方も卑怯《ひきょう》だし、何かにつけて漆季の生まれや過去を揶揄《やゆ》してくる辺り、相当に性格が悪い。

同じ組にいなかったら絶対に敵対していた。

だが今は、共に鬼灯組にいて、仮組長として並び立っている。

(鱗には気遅れしたが、コイツとなら、俺は……)

「──厨房《ちゅうぼう》と部屋住みにも伝えてくれるかな」

指示が一段落したのを見計らって、漆季は重い口を開いた。

「狛《びゃく》」

短く呼ぶと、狛夜は面倒くさそうに振り向いた。

「忙しいんだけど?」

「俺は、お前が嫌いだ」

狛夜は、はいはいと書類に視線を落とす。

「知ってるよ。そんなこと」

「でも、信頼はしてる」

そう言うなり、漆季は背を向けて廊下に出た。

彼の後姿を見送った狛夜は、ぽかんと口を開けた。

信頼? 漆季が、僕を?

狛夜の手から紙の束が滑り落ちたので、狒狒が腰をかがめて拾った。

「落ちちまいましたよ」

「え？　ああ、うん」

我に返った狛夜は、思いがけず喜んでいる自分に気づく。

「まさか、向こうから歩み寄ってくれるとはね……」

真の組長の座を取り合うライバルの成長が嬉《うれ》しいなんて、自分も変わったものだ。

鬼灯組を襲った強大な敵は、一致団結に欠けた組に思いがけない変化をもたらした。

華を中心に変わっていく空気を感じ取りながら、鬼灯丸は宴の片隅で八岐大蛇退治のご褒美の骨にかぶりつく。

この宴が済めば、すぐに年越しだ。

庭の奥で雪を被《かぶ》った金木犀《きんもくせい》は、静かに新しい年の訪れを待っていた。

《了》

あとがき

こんにちは、来栖千依《くるすちい》です。

本作をお手に取っていただきありがとうございます。

皆様のおかげで『あやかし極道』の続刊をお届けできることになりました。

今回は、華《はな》と〝あやかしの婚姻〟の約束をした主が満を持しての登場です。

このシリーズを始めた当初から、浮世離れした妖怪が人間の花嫁を迎えに来るシーンが浮かんでいたので、やっと書けた！　という感慨が大きいです。

その正体は……ここで言うとネタバレになってしまうので、本編で確認していただければと思います。

余談ですが、妖怪の姿をしっかり描写しようと思って画像検索したところ、グロテスクな写真ばかりで気持ち悪くなりました。決して真似《まね》しないでください！

真似しないでと言えば、ガラの悪い組員たちの言動も。書くのは大変楽しいですが、影響を受けすぎると日常の些細《ささい》な場面でうっかり喧嘩腰《けんかごし》になりますのでご注意ください。

華、狛夜《びゃくや》、漆季《しき》の三角関係も進展していきます。痣《あざ》の脅威に心が揺らぐ華を射止めるのは誰なのか、予想しながら読むとさらに楽しめること請け合いです。

そういえば、皆様はダブルヒーローのどちらがお好きでしょうか。アンケートを取りたいぐらい気になっております。機会がありましたらこっそり作者にお知らせください。

組同士の抗争劇も念願でした。

任侠《にんきょう》映画の鉄板といえばこれですよね！

あやかし極道は鬼灯組《ほおずきぐみ》の他に複数あり、日本各地でそれぞれのシマを治めています。今回出てくる西の竜胆会《りんどうかい》もその一つです。

九州や四国、東北にも別の組や影響力の強い妖怪がいます。自分が暮らす地域はどんな組かな、とぜひ想像を膨らませてみてくださいませ。

装画を担当してくださったボーダー様、今回も素晴らしいイラストをありがとうございました。たくさんの方に読んでいただけるのは偏《ひとえ》に魅力的なカバーのおかげです。

担当様には今回も多大なるご迷惑をおかけしました。特に華の心情についてフォローしていただき、何とか書き上げることができました。いつも丁寧なご指導をありがとうございます。

校正様やデザイナー様など、この本に携わったすべての方へお礼申し上げます。

大勢の方々に支えられて書籍が完成し、読者様のお手元に届いていることを常に忘れずに、これからも執筆活動を頑張ります。

ここまで目を通してくださりありがとうございました。

またどこかでお会いできますことを切に願っております。

来栖千依

お便りはこちらまで

〒一〇二―八一七七
富士見L文庫編集部　気付
来栖千依（様）宛
ボーダー（様）宛

富士見L文庫

あやかし極道《ごくどう》「鬼灯組《ほおずきぐみ》」に嫁入《よめい》りします 2

来栖千依《くるすちい》

2023年4月15日　初版発行

発行者　山下直久
発　行　株式会社 KADOKAWA
〒102-8177　東京都千代田区富士見2-13-3
電話　0570-002-301（ナビダイヤル）

印刷所　株式会社暁印刷
製本所　本間製本株式会社
装丁者　西村弘美

定価はカバーに表示してあります。
◇◇◇

●お問い合わせ
https://www.kadokawa.co.jp/（「お問い合わせ」へお進みください）
※内容によっては、お答えできない場合があります。
※サポートは日本国内のみとさせていただきます。
※Japanese text only

ISBN 978-4-04-074944-0 C0193